TAKE
SHOBO

メガネ令嬢は皇帝陛下の愛され花嫁

溺愛シンデレラのススメ♡

日車メレ

Illustration
八美☆わん

JN047794

蜜猫
MitsuNeko

contents

イラスト／八美☆わん

メガネ令嬢は皇帝陛下の愛され花嫁

溺愛シンデレラのススメ♡

第一章　夜の庭園

雪が解けて、道端に小さな花がひっそりと咲く季節。

人々が開放的な気分になり自然と家の外に足を向ける冬の終わりに、ヴァンスレット城では皇帝主催の舞踏会が開かれる。

サフィーク伯爵家の令嬢であるマーシャは、控え室として解放されている城内の一室にいた。

室内にある大きな姿見の前に義姉のサンドラがいて、髪型やドレスのしわをしきりに確認している。

彼女は金の巻髪にグリーンの瞳、はっきりとした目鼻立ちをした美しい令嬢だ。今夜は女性らしい体つきが際立つ深い青の豪華なドレスに身を包んでいる。

十八歳のマーシャとの年齢差は一つしかないのに、色気のようなものまでまとい、すでに大人の女性という雰囲気を醸し出していた。

「我が伯爵家には皇帝陛下の侍従の方が直々に招待状を持ってきてくださったのよ。もしかしたらわたくしにも陛下からのお声掛かりがあるかもしれないわ」

サンドラは頬《ほお》に手を添えてうっとりとしていた。

即位後間もない新皇帝ジョーセフ五世にはいまだ婚約者がいない。年頃の令嬢の多くは、この舞踏会で皇帝に見初められることを夢見ている。

「……そうですか」

一方のマーシャは、いまいち興味が持てずにいた。皇帝というのは雲の上の存在で、そんな人物と親しくなって愛を育むという想像ができない。

ジョーセフ五世は、前例のない経緯で即位した二十七歳の若き皇帝だ。

元々彼は皇弟だった。本来、皇位を継承するのは彼の甥《おい》――皇太子エグバートのほうだった。

ところが今から半年ほど前、エグバートが「私は皇帝となる器ではない、愛に生きる」と言って、皇位継承権の放棄を宣言した。

ヴァンスレット帝国始まって以来の大事件である。

この件では、皇族や政《まつりごと》に関わる高位貴族のあいだで散々揉《も》めたようだが、最終的にはエグバートの希望が通った。

彼は現在、臣籍となりクロスター公爵と名乗っている。

そして新たに皇太子となったのが皇帝の弟ジョーセフだった。

当時の皇帝は息子の宣言に精神的なショックを受けて、体調を崩していた。

後継者を正しく育てられなかったことに対する引責という意味合いもあり早々に退位し、新皇帝ジョーセフが誕生した。

新皇帝は幼少期から優秀な人物と言われていて、以前より次期皇帝としてふさわしいと評価する声があった。

実際に、彼は即位後すぐにいくつかの改革や法改正に着手し、高い政治的手腕を発揮している。そのため突然の即位であっても、国が乱れるようなことはなかった。

こうして慌ただしく帝位についたジョーセフ五世は、いまだに独身だった。

今夜の舞踏会には多くの令嬢が招待されていて、実質的な妃選《きさきえら》びの場ではないかと噂《うわさ》されている。

誰が皇帝の心を射止めるのかは、ヴァンスレット帝国の社交界における一番の関心事だ。

「皇帝陛下は、先帝陛下や皇太子殿下のために目立った発言を控えられていたけれど、とても優秀な方なのですって！　マーシャも肖像画を見たでしょう？　凛々《りり》しくていらっしゃるわ」

「ええ、まぁ」

ジョーセフ五世の肖像画は広く出回っているのだが、マーシャはじっくり見たことがない。

けれど、皇帝主催の舞踏会が始まろうとしているこの場所で、皇帝の姿に興味がないなどというのは無礼だ。だから曖昧に同意してごまかす。

「なによ、わたくしが選ばれるはずがないと馬鹿にしているのね？　わたくしだって血の繋《つな》がりはなくても亡きお父様に認められた伯爵令嬢なのよ」

マーシャのなおざりな態度は、義姉を誤解させてしまったらしい。

「それは違います、お姉様。ただ、私自身が結婚に興味を持てないだけです」

マーシャは地味な令嬢だ。

髪の色はありきたりな薄い茶色で、容姿は「よく見ると可愛《かわい》い」と言われることはあるものの、義姉のサンドラのような華やかさとは無縁だった。

澄んだ青い瞳は密《ひそ》かな自慢なのだが、親しい者を除き、マーシャの瞳の色を覚えている者はいないだろう。

なぜなら他人がマーシャに会ったときに最初に抱く印象が「メガネの令嬢」だからである。

いいところも悪いところも、すべて分厚いメガネの存在感が打ち消してしまう。

「あら、そう。……ねぇマーシャ。せっかくお母様が高いドレスを用意してくださったのだから、野暮《やぼ》ったいメガネははずしなさいよ。そんな地味な姿ではわたくしたちが先代伯爵の実娘をいじめていると誤解されてしまうわ。それではわたくしの引き立て役にもならないわよ」

マーシャは春先に咲くアルメリアのような優しいピンク色のドレスをまとっている。サンドラほどの豪華さはなかったが、城で行われる舞踏会にふさわしい装いである。

義母と義姉が、めずらしくまともなドレスを用意してくれたのは、外聞を気にしてのものだ。

けれどマーシャにとっては余計なお世話だった。

美しいドレスは好きだし、うまく踊れるのなら光り輝く舞踏室で素敵な紳士とダンスをしてみたいと思う一方で、運動音痴でものすごくダンスが下手だという自覚がある。

だから舞踏会で壁の花になっている時間は無駄に思えた。許されるのなら、社交の場に出ないで、その時間を趣味の読書にあてたかった。

「メガネがないと友人に会っても気づけませんし、段差で転んでしまうので慣れない場所では無理ですよ」

けれど、サンドラは妹の言葉を無視し、メガネを奪った。

マーシャは義姉から大切なメガネを取り返そうとしたが、距離感が掴《つか》めず、伸ばした腕は空を切る。

「だったら、舞踏会になんて出なければいいじゃない！」

焦るマーシャとは反対に、義姉の声色は随分と楽しそうだった。

窓際に移動したサンドラは、腕を大きく振って手にしていたものを投げ捨てた。

「お姉様⁉」

視力が悪いマーシャは、義姉が本当にメガネを投げたのか、それともいたずらで投げたふりをしただけなのかわからなかった。

慌てて義姉の手を取って、メガネがないか確認してみるが、なにもない。

「メガネ……が、私の……！」

ここは建物の二階だ。外は庭園になっていて、舞踏会に招待されている者が自由に見て回れるように、明かりが灯《とも》されている。

もし石畳の通路に落ちていたらガラスが割れた音がするはずだ。大きな音はなかったから、柔らかい花壇に落下したという希望がある。

マーシャは義姉に背を向けて、部屋の扉のほうへ急ぐ。

「あらマーシャったら、ダンスが嫌だからって逃げるのね？　……フフッ」

要するにサンドラは、マーシャを舞踏会に参加させたくなかったのだ。

彼女にとって重要だったのは、義妹を蔑《ないがし》ろにしていないという主張のために城へ連れていったという事実だけだ。

舞踏会が始まる直前に、マーシャには自らの意思でいなくなってほしかったのだろう。

（あぁ、もう！　私なんてお姉様のライバルにはなれないのに。……メガネがなければ明日から本が読めないじゃない）

そもそも視力が落ちてしまったのは、幼い頃から本を読みすぎたからだ。

昔は、見づらい自覚があっても無理をしてメガネをかけずに生活していた時期もあった。

一度メガネを手に入れてからは、こんなに便利なものを使ってこなかった過去の自分に同情するほど、マーシャにとってメガネはなくてはならないものになっている。

マーシャの視力はかなり悪く、メガネなしで本を読もうとすると、相当顔に近づけないと文字がぼやけてしまう。

机の上に本を置いて顔を近づければ首が痛くなる。

本を持ち上げて顔に近づければ腕が痛くなる。

短時間ならできるが、長い物語をメガネなしで一冊読み終えるのはかなりの苦痛を伴う。

だからマーシャは、なんとしても今すぐにメガネの無事を確認しなければならなかった。

はやる心とは裏腹に、視界がぼやけるせいで走れない。

壁の近くを歩けば幸いにして腰見切りや手すりのおかげでなんとなく階段の位置がわかる。

庭園に行くまでは簡単だった。けれど、ついた瞬間、マーシャは途方に暮れた。

（大変。私が居た部屋がどこだかわからないわ……！）

女性の力で遠くまで飛ばせるわけがないから、建物の付近に落ちたという見当はついている。

けれど、同じかたちの窓が並んでいるため、先ほどまで自分がいた部屋の位置がわからなくなってしまった。

視力が悪いマーシャが、初めて訪れた夜の庭園でメガネを見つけられる確率はどれくらいあるのだろうか。

そのうちに楽団による演奏の音が聞こえだした。

もう舞踏会は始まってしまったのだ。

今夜は風が強く音もうるさい。防寒に対する配慮など一切ないドレス姿で長く屋外にとどまったら、体調を崩してしまいそうだった。

それでもマーシャはメガネをあきらめきれない。時々腕のあたりをこすりながら、石畳の通路や花壇の中を必死に捜す。

（メガネ捜索用のメガネがほしいわ）

長い時間をかけても、透明なレンズらしきものは見つからない。もしかしたら、視力のいい人ならばすぐに発見できるのかもしれないが、周囲には誰もいない。

きっとこの場所に人が来るのは、招待客が十分にダンスを楽しんで疲れた頃だろう。

マーシャは近くにあったベンチに座り、空を見上げた。

月がある方向だけはわかるが、星は見えない。

風に乗って流れてくる軽快な旋律だけが、マーシャの心を癒やしてくれる。

「こんなところでなにをしている」

男性の声が響く。マーシャがそちらの方向に視線をやると、黒っぽい服の人物が近づいてくるのがわかった。

髪は黒か焦げ茶色、容姿はまったくわからないが長身。右肩にマントをかけていることから推測して、軍服を着ている可能性が高い。

（城の警備をしている軍の方？　近衛《このえ》なら白っぽい軍服のはずだから、舞踏会に合わせて臨時で配置されている軍人さんかしら……）

通常、城内の警備は軍の近衛部隊が担っているのだが、大規模な舞踏会だから他の部隊からも応援があるのだろう。

警備を担当する軍人にならば、紛失物の相談をしてもいいのだろうか。マーシャは彼の登場が問題の解決に繋がるのではないかと期待した。

「メガネを落としてしまったので捜しております」

「……そうか、目が悪かったのか」

声の印象やシルエットから推測すると、二十代の青年といったところだろうか。

なぜだか少し偉そうだった。

「ええ、メガネなしでは本も読めないくらい悪いのです。あなた様は警備の方ですか？　申し訳ありませんが近くに落ちていないか捜していただけませんか？」

丁寧にお願いしてみたものの、相手に動く気配はなかった。

「警備、か……。私を覚えていないのか？」

「へっ？」

「君とは面識があるはずだ」

軍服の男性が、手を伸ばせば届く距離までやってきた。

「失礼ですが、お名前をおうかがいしてもよろしいでしょうか？」

嘘《うそ》かもしれないと考えたマーシャは警戒し、一歩下がる。

先ほどまで、ひと気のない庭園にこの男性がやってきてくれたことを幸運だと思っていたマーシャだが、それは大きな間違いだったのかもしれない。

「名前？　あててみるといい」

もったいぶった態度から、あきらかに名乗る気がないのだとわかる。

こういうやり取りをマーシャは物語の中で読んだことがあった。

（きっと一夜限りのお相手を探している悪い男に違いないわ）

軟派な男が知り合いを装い令嬢に声をかける。相手が知人ではないと答えると「だが、ここで出会ったのは運命かもしれない」などと言って、親しくなろうとするのだ。

「……いったい、何人の女性をそうやって誘ったのかしら？　私、約束があるので失礼いたします」

本当は誰とも約束などしていないのだが、マーシャはとにかくこの青年から逃げたかった。

それにいつまでもマーシャが戻ってこなければ、義母と義姉が先に帰ってしまう可能性だってある。メガネなしの状況で一人屋敷に戻るのはできそうもない。

マーシャは青年に向かってお辞儀をしてから背を向けた。そのまま舞踏会の会場へ戻ろうとしたのだが、急に腕を掴まれた。

「パートナーは婚約者だろう？　なぜ一緒にいないのだ？　……こんな場所に一人きりだなんて危ない。もし、不埒《ふらち》な者に拐《かどわ》かされたらどうする」

不埒な者の代表のような人に説教などされたくないと、マーシャは頬を膨らませた。

「私には婚約者などおりません！　余計なお世話ですわ」

「婚約者がいない、だと……？　嘘だ、そんなはずはない……」

マーシャはまだ十八歳だ。ヴァンスレット帝国の貴族なら、婚約者が定まっている者も多いし、結婚している者もいる。けれど、まるで婚約者がいなかったら行き遅れかのような言われようは、納得がいかない。

「私くらいの歳で婚約者すらいないのは、そんなにおかしいですか？　……急ぎますから失礼します」

強く手を引いて彼から逃れ、マーシャは今度こそ歩きだす。とにかく彼から離れたい一心で早足になっていく。

「ちょっと待て。その先は――」

忠告も虚《むな》しく、マーシャは段差に足を取られよろけた。

「きゃっ！」

けれど、転倒することはなかった。その前に青年が抱き留めてくれたからだ。

「段があると忠告しようとしたんだが……。怪我《けが》はなさそうだな。危ないから私が――」

「助けていただいてありがとうございました。それではごきげんよう」

家族のところまで送ってくれる提案をしようとしていたのはわかっていたが、マーシャは一方的に話を終わらせて、彼から逃れた。

近い距離で聞いた声がなんだか懐かしい気がしたのと、軍服の装飾が妙に細かかったことが気になったが、とにかく人の多いところに行くほうを優先した。

（危ないからとおっしゃいましたが、私にとっての危険人物はあなたです！）

マーシャの知っている物語の中では、危ないから家族のところまで送るという提案も、男性が女性と二人きりになるための作戦としてよく使われる。

知らない人にはついていかないというのが常識だ。幸いなことに、青年は無理に追ってこなかった。

「マーシャ。メガネは捜しておいてやる。近いうちにきっとまた……」

背後からそう声をかけられた。

（どうして、私の名前をご存じなの？）

知り合いというのは、本当だったのかもしれない。マーシャは歩みを止めて、彼のいた場所を見つめたが、軍服の青年の姿は夜の闇に溶けてわからなくなっていた。

「誰だったのかしら……？」

結局メガネは見つからず、青年のこともよくわからないままマーシャは庭園を去った。

舞踏会の入り口にたどり着いたものの、メガネなしではダンスの誘いに応じることはできない。

だから義母たちが出てくるまで中へは入らず、ずっと廊下にあるソファに座っていた。

親しい友人の何人かが声をかけてきてくれたので、彼女たちとのおしゃべりだけがこの日唯一の収穫だった。

◇◇◇

マーシャの父――先代サフィーク伯爵は、貴族でありながら学者としても有名だった。昔の伯爵家には父に教えを請うために多くの者が訪ねてきた。記憶の中の屋敷は、いつも賑《にぎ》やかだった。

母は、マーシャの弟であるウォルトを産んでから体調を崩してしまい、まもなく亡くなった。それでもサフィーク伯爵家は、三人で明るい家庭を築いていたはずだった。

そんな一家に転機が訪れたのは、一年半前のことだ。

マーシャの父が、肺の病を患ってしまったのだ。治療が難しいとされている病気だった。

当時、伯爵家の家庭教師として元子爵夫人で未亡人のジェナという女性が住み込みで働いていた。彼女は地方都市にその病の専門医がいることを調べて、療養を兼ねた移住を提案してくれた。

父の療養中、当主代行としてマーシャだけが都に残ることになり、しばらく家族とは離ればなれになった。

病魔に冒されている中で、父は懸命に支えてくれたジェナと再婚し、連れ子のサンドラを養女にした。マーシャも、最初は父の選択を歓迎しようと思っていた。

ところが、父は病の診断を受けてから半年間の闘病後、今から一年前に亡くなってしまう。

それからまもなく、義母ジェナの態度が急変した。

（お父様はなぜあのような遺言を……）

現在のサフィーク伯爵はマーシャの実弟ウォルトである。ヴァンスレット帝国では女性が爵位を得た例もあるのだが、基本的には男性優先だ。

女性の爵位継承が認められるのは、叔父や甥などその血筋に連なる者が誰もいない場合に限るなど、厳しい基準が設けられている。

だからサフィーク伯爵家の場合、現在十一歳のウォルトが伯爵家を継いだ。

マーシャとしては弟が成人するまでは彼を支え導いていくつもりでいたのだが、そうはならなかった。

父の遺言で義理の母であるジェナがウォルトの後見人になったからだ。

ウォルトが持つ権利を行使しようとしても後見人の承認が必要になるため、義母のジェナが実質的な当主となっている。

家庭教師時代は慎《つつ》ましい女性という印象だったのに、彼女は父の死後、サンドラと一緒に高価なドレスや宝飾品を買《か》い漁《あさ》り、積極的に社交の場へ出向くようになった。

領地に関する職務は変わらずマーシャが行っているが、金庫の管理はジェナ。そんな状態が続いている。

皇帝主催の舞踏会翌日。サフィーク伯爵家のダイニングルームには気まずい空気が漂っていた。

不機嫌なジェナとサンドラが、マーシャとウォルトのちょっとした行動を咎《とが》める。

口の開け方がなんとなく気に入らないだとか、食事中に雑談をするなだとか――けれど朝食の席で高圧的な態度を取る義母と義姉のほうがあきらかにマナーが悪かった。

「ところであなたは昨晩、皇帝陛下にお目にかかっていないわよね⁉　抜け駆けなんてしたら許さないわよ」

サンドラは舞踏会で自分が皇帝に見初められるかもしれないと期待していたようだが、どうやら希望は叶《かな》わなかったらしい。

「まさか……。どちらにいらっしゃるのかすらわかりませんでした」

もし皇帝が近くにいたら、周囲の者がざわめき立つだろうから、どれだけ視力が悪くても気がつくはずだ。

マーシャが多くの時間を過ごしたのは、寒い庭園と廊下に置かれたソファだ。皇帝がそのあたりまでやってくることはなかったのだろう。

マーシャとしては、皇帝にお目にかかれるはずはないと思っているし、別世界に住む人としか感じられなかったのでとくに残念とは思わない。

むしろメガネをかけていない状態で高貴な人と顔を合わせ、失礼を働いてしまったら大変だから、会えなくてよかったのだ。

「ところでマーシャは舞踏会でなにをしていたのかしら？　まさかどなたからも声をかけられなかった……なんてことはないでしょうね？」

ジェナがジャムを入れた紅茶をかき混ぜながら問いかけてくる。

（お姉様にメガネを捨てられて、ダンスができる状態ではなかったのですが……）

マーシャが舞踏会に参加させられたのは、義母が先代伯爵の娘を蔑《ないがし》ろにしていないという演出が必要だったからだ。

ずっと廊下にいたため、周囲からは自らの意思で会場に入らない社交嫌いの令嬢だと思われていただろう。

メガネを投げ捨てたサンドラの作戦は大成功だった。

けれどサンドラが行った嫌がらせを報告しても、義母はきっとマーシャの主張を認めない。

それどころか、義姉にありもしない罪を着せようとする不出来な義妹《いもうと》にされてしまうと簡単に想像ができた。

真実を口にしてもお説教の時間が長くなるだけだ。

「時々友人が声をかけてきてくれたので、世間話をして有意義に過ごしました」

「なにが有意義なのかしら？　本当にだめな娘ね！　せっかく高価なドレスを与えたというのに、結婚相手の一人も見つけられないだなんて」

「申し訳ございません、お母様」

マーシャとしては無難な回答をしたつもりだったのだが、義母は気に入らないようだ。

「ねぇ、お母様。……マーシャにいい縁談はないかしら？」

サンドラが恐ろしい話題を振ってくる。

「そうねぇ。自分で見つけられないというのなら、そろそろ真面目に探してあげなくては。わたくしの遠縁にあたる男爵家にちょうどいい人がいたかもしれないわ」

マーシャはこの話に違和感を覚えた。

義母は、義姉を差し置いてマーシャが先に婚約をするなんてありえないと言って、今までマーシャの縁談など話題にすらしなかった。

それに、伯爵家の領地や事業などの管理を担っているのはマーシャだ。

ほぼ無給の労働力だから、義母は今までマーシャをできるだけ家にとどめておきたいようだった。サンドラの縁談がまとまったわけでもないのに、どういう心境の変化だろうか。

「私は結婚なんて……」

マーシャは結婚に興味を持てずにいた。

男性に興味がないというより、かつて好きだった人を忘れられないからだ。その人とは恋人未満の関係で終わっていて、きっともう会うことはないだろう。

今は、好きでもない男性と結婚するより、できるだけ長いあいだ弟を支えてあげたいという気持ちが強い。

「なにを言っているの？　大して取り柄がないあなたから若さが失われたら、短所しか残りませんよ」

マーシャは父親の影響もあり、学問が好きだった。文学、数学、歴史学……高等教育を受けている男性と同じくらいの知識を持っている自信がある。その反面、ダンスと楽器の演奏などが自分でもあきれてしまうほど苦手だ。

ジェナいわく、一定以上の知識は生意気な女性と見なされるので短所となるらしい。

そして、ダンスなどの貴婦人のたしなみが苦手なマーシャは、いいところが一つもない令嬢なのだという。

「待ってください！　姉様の縁談なんて勝手に決めないでください」

それまで無言でパンをかじっていたウォルトが声を荒らげる。

「わたくしはあなたたちの後見人よ。……娘の結婚相手は親が決めるものです」

「今はそうかもしれませんが、ずっと同じだと思わないでください。ジェナさん……」

ウォルトは義母のことを決して「母」とは呼ばない。

自分が成人して後見人が不要になったあとも同じ立場でいられると思うなと、彼はジェナを牽制《けんせい》する。

「恩知らずな！　小さな頃からお世話をしていたお坊ちゃまがこんな反抗的になるなんて……誰の影響かしら？　嘆かわしいことです」

「とにかく、僕は姉様が望まない結婚なんて絶対にさせませんから」

普段、あまり自己主張をしないウォルトだが、賢いし言うべきときには強く自分の意見を主張できる子だ。

マーシャは弟の成長を頼もしく思った。

ジェナは青筋を立ててご立腹な様子だったが、ウォルトを言い負かすのが難しいと判断したのだろう。しばらく無言で食事を進め、皿が空になるとダイニングルームから出ていった。

サンドラもそれに続き、部屋に残るのはマーシャとウォルトの二人だけになる。

「ウォルト、言い過ぎよ」

「だって、あの人……姉様をろくでもない男のところに嫁がせるかもしれないって心配なんです。僕は……僕を守るために姉様が行き遅れになるのは耐えられないけれど、相手は姉様が好きになった人でなきゃ」

真剣に姉の幸せを考えてくれているのが伝わってくる。

「私がいないとお母様も領地のことで困るでしょうから、きっとまだ大丈夫よ。……それより今日は暇？」

「午前中は家庭教師の先生がいらっしゃいますが、午後は暇ですよ」

昔のジェナのような女性の家庭教師が学問を教えるのは裕福な家庭の令嬢が基本で、男児の指導は幼少期に限られる。

ウォルトは現在、男性家庭教師から立派な伯爵になるために必要な学問を教わっている。今日はその教師が屋敷を訪れる日だった。

「だったら、お勉強の時間が終わってから買い物に付き合ってくれる？　新しいメガネを作りたいのだけれど、一人で町へ行くのは不安なの」

店の前までは馬車で行くにしても、また段差でつまずいてしまうかもしれない。ぜひとも弟にエスコート役をお願いしたいところだ。

「もちろん。……せっかくだから本屋さんにも行きましょうよ！　買いたい本がいっぱいあるんです」

ウォルトもマーシャの影響でかなりの読書家だった。

愛読書はマーシャと同じ探偵小説のシリーズだ。けれど、頭の固い貴族は、娯楽目的の本を低俗だと一蹴する。ジェナもその一人で、マーシャたちは義母の前ではあまり本の話をしないようにしている。

だから姉弟《きょうだい》だけでの買い物は、いい気晴らしになるだろう。

「ええ、そうしましょう。メガネは時間がかかるかもしれないけれど、私も次に読みたい本は決まっているから、ウォルトが一緒に探してくれる？」

「はい！」

以前に注文した経験から、新しいメガネが完成するのは依頼してから数日後だと予想できる。そのあいだ本格的な読書は難しいが、買いに行くだけならばきっとできる。

カフェでお茶を楽しみながらどんな本を買おうか相談し、自分の好きなシーンを語らうのはマーシャにとっては有意義な時間の使い方だ。

「あーあ。どうせなら学問も姉様に教わりたいなぁ。正直、あの家庭教師……威張っているだけなんだもの」

ウォルトは、ジェナの意を受けた家庭教師がお気に召さないらしい。そんな不満を口にしながら、朝食を食べ終えて席を立った。

メガネがないと、とにかくやることがない。

マーシャは出かける支度を早々に済ませてから、少しだけ本を読んでみた。やはり近すぎると目や腕が疲れ、遠ざかると文字がぼやけていつもの速さで読めないという状態で、集中力が続かなかった。

「昨日の軍人さんがメガネを見つけてくれたらいいのだけれど」

メガネができるまでの数日間、生活に支障があるだけではなく、領地に関する書類仕事なども滞ってしまう可能性があった。

しばらくぼんやりしていると、メイドから声をかけられた。

「マーシャお嬢様。城からの御使者がいらっしゃいました」

「城？　私に用ということですか？」

「はい、さようでございます。只今《ただいま》サロンでお待ちいただいております」

「わかりました、すぐに参ります」

マーシャは急ぎ立ち上がる。城から使者がやってくることはめずらしい。

用件は、メガネのことくらいしか思いつかない。もしかしてあの青年がメガネを捜してくれたのかもしれない。

そんな期待でマーシャは使者の待つサロンへ向かった。先にジェナとサンドラが到着していて、城からの使者をもてなしている。

使者は白い近衛の軍服を着ていた。昨日の青年とは別人のようだ。

「マーシャ嬢でいらっしゃいますか？　私は城内の警備を担う近衛の任をいただいているヒュームと申します。昨晩の舞踏会にてご令嬢はメガネをなくされたとのことですが、間違いないでしょうか？」

「はい」

やはりメガネの件だった。マーシャは今すぐメガネが戻ってくるかもしれないという期待に胸を膨らませた。

「まぁ！　マーシャ、メガネをなくすなんて。……近衛の方々を煩《わずら》わせてはなりません。まったく不出来な娘でございます」

ジェナが口を挟む。

メガネを投げて近衛に手間をかけさせたのは、もう一人の娘のほうだとマーシャは声を大にして主張したかった。

けれど、この家とはなんの関係もない城からの使者に身内のいざこざを見せるわけにはいかないから、グッとこらえる。

「私など、近衛に所属しておりましても小間使いの下っ端のようなものですからどうぞお気になさらず。……ところでマーシャ嬢。上官より手紙を預かっております。こちらをどうぞ」

ヒュームが胸ポケットから手紙を取り出して、マーシャに差し出す。

「恐れ入ります」

真っ白で装飾のない封筒だった。さっそく封を切ると、綺麗《きれい》な文字で短い文面が綴《つづ》られているのが見えた。

差出人はジュード・ジョーンズという人物で、昨晩マーシャが庭園で紛失したメガネを城で保管しているため取りにくるようにという内容だ。

最後に、昨日のように段差で転ばないようにという注意書きが添えられている部分だけが余計だった。

「ジュード・ジョーンズ様？」

マーシャは首を傾《かし》げた。手紙の主は内容から判断してあの青年で間違いない。

（この名前って『名もなき探偵』の……？　あきらかに偽名じゃない！）

ジュード・ジョーンズは、小説『名もなき探偵』の主役の名前である。

その名は、ヴァンスレット帝国でよくある姓と名の組み合わせであり、「ありきたりすぎて覚えてもらえない名前ならば、存在しないのと一緒だ」というのが彼の口癖になっている。

物語のファンのあいだでは、ジュード・ジョーンズという名は「匿名希望《とくめい》」というような意味合いで使われる。

（近衛の方がこんなふざけた手紙を持ってくるなんて。なんだかおかしいわ）

そのとき、城からの使者がもたらした手紙に興味津々のサンドラが、マーシャの手元を覗《のぞ》き込《こ》んだ。

「社交界で聞いたことのない姓。……きっと平民の方ね？　残念だわ」

急にサンドラの態度が悪くなる。

彼女は、手紙の差出人が貴族ではないと判断したようだ。さらに使いでやってきたヒュームは差出人よりももっと下の身分だと予想して、敬意を払う気をすっかりなくしたらしい。

ヒュームはサンドラの無礼に気分を損ねた様子はなく、淡々と説明を続けた。

「現物の確認が必要となるため、マーシャ嬢ご本人に受け取りにきていただかねばなりません」

「……そうなのですか」

マーシャは焦っていた。

匿名の手紙が問題なのではない。このようなふざけた名前の手紙をわざわざ近衛が運んできたというのが問題なのだ。たとえヒュームの身分が城内でどれだけ下のほうでも、職務としてこの場にいるという事実を軽く考えてはいけない。

城からの正式な知らせならば、偽名など絶対に使えないし差出人の役職が書かれていないとおかしい。

非公式な内容の手紙を近衛に運ばせたのだとしたら、もしかしたら昨日の青年はただの軍人ではなく高官だったのかもしれない。庭園での無礼を咎めるつもりでわざわざこんな手紙を送ってきたのではないかという仮説がマーシャの脳裏に浮かんだ。

「でもマーシャだけお城に行くなんてずるいわ」

あわよくば、城勤めの貴族とお近づきになりたいという内心が透けて見える。

「メガネを取りにいくだけですが、お姉様も付き添ってくださいますか？　……遠くが見えないので一人ではたどり着けそうにありません。一緒に行ってくださるなら心強いです」

マーシャとしては状況を悪化させそうな義姉の同行を望んでいない。

けれどサンドラの性格からして、マーシャが嫌がると余計についていきたがる気がした。だから積極的に同行を勧めてみた。

サンドラはマーシャを困らせることに喜びを覚える性格なので、義妹が付き添いを希望すれば断る可能性が高かった。

「……メガネを受け取るだけなのに、なぜわたくしが？　そんなに暇ではありませんわ」

予想どおり、サンドラは興味を失ってくれたようだ。

「それでは、マーシャ嬢のことは責任を持って城までお送りいたしましょう」

ヒュームがそんな提案をした。

「せっかくのお申し出ですが、登城するのならば着替えが必要です。少しお時間をいただきたいので、私のほうから改めておうかがいしたいと思います」

マーシャの服装は町へ行くための外出着だ。担当部署にメガネを取りにいくだけだとしても、城を訪ねるのなら昼の正装に着替える必要がある。

「ご心配には及びません。メガネをお返しするだけですから、服装などお気になさらず」

「ですが……」

「規則で、紛失物は担当者の立ち会いのもとご確認いただき、署名をいただかないと返却できないのです。さあさあ、お早く」

もしそのような規則があるとしても、手紙で呼び出せばいいだけだ。ヒュームという青年は小間使いの下っ端を自称しているが、近衛がわざわざやってくる必要も、送り届ける必要もない。

（あぁ……。私ったら、やってしまったわ）

にこやかにほほえむヒュームからは「逃げるなんて許しません」という圧が感じられた。

マーシャは、ウォルトに今日の外出ができなくなってしまったことを告げたあと、急《せ》かされながら馬車に乗り込んだ。

同乗したヒュームはマーシャの向かいに座ると、なぜか上着を脱いで、そばに置いてあったもう一着の上着と交換した。

二着目のほうが豪華な装飾がついていることだけはなんとなくわかる。

「……あの、なぜお着替えをされているのですか？」

あえて偽《いつわ》ったと簡単にわかるのに、マーシャはたずねずにはいられなかった。

「ああ、なんとなく階級が低いほうが都合がいいのではないかと思いまして。私の任務は、マーシャ嬢お一人を城までご案内することですから」

もし彼の身分が高く、手紙の主はそれよりもっと高いと知られたら、義母と義姉が面倒な行動をする。彼はそれを予測していたらしい。

いったいマーシャはどれほどの大物に喧嘩《けんか》を売ってしまったのだろうか。昨日の青年はたった一晩でサフィーク伯爵家の事情をどこまで調べ上げたというのだろう。

「あの、失礼ですがジュード・ジョーンズ様とはいったいどなたなのでしょうか？」

「それについてはあのお方から直接聞いてください」

マーシャはつい想像してしまう。

豪華な軍服をまとう青年が、重厚な机に頬杖《ほおづえ》をついて座っている姿だ。

彼はマーシャのメガネを弄《もてあそ》びながら、こう言うのだ。

「昨日は大変貴重な経験をさせていただいた。……ところでサフィーク伯爵家の令嬢は、登城の際もそのような軽装なんだな？　礼儀知らずにもほどがある。ハハハハハッ！」

青年の顔はまったくわからないが、再会したらいびられる想像だけは次々と浮かんだ。

（逃げたい……）

願いは叶わず、マーシャを乗せた馬車は城の手前にある跳ね橋を通過し、門をくぐった。

ここから先は許可のある者しか入れないし、出ることもできない。

本来ならこの先にある建物で、登城の理由を申告するはずだが、馬車はそのまま建物に沿って進み、別の入り口の前で停車した。

ヒューームに導かれ、城内に入る。

（静かすぎる）

マーシャは父の闘病中に伯爵家の当主代行をしていて、その頃何度か城を訪れていた。

昼間の城内は文官がせわしなく働き、もっと賑やかなはずだ。

ここは、本来なら平凡な貴族が立ち入ってよい場所ではないのかもしれない。

「さて、マーシャ嬢。まずはこちらでお支度を」

「支度……？」

説明のないまま、マーシャは城内の一室に通された。

ヒュームが入室しないまま、急に扉が閉まる。

（閉じ込められた？　どうして⁉）

けれど、部屋の中にはマーシャ以外にも複数の人間がいた。

皆、紺色の地味なドレスにエプロンをつけた女性たちだった。

「本日は、わたくしどもがお嬢様のお支度を手伝わせていただきます。……ささ、まずは入浴から」

わけのわからぬまま、ものすごい手際で服が剝《は》ぎ取られていく。いい香りのする浴槽に入るように促され、マーシャはついそれに従ってしまった。

ここが城であることは間違いないし、すべては身分の高い人物からの命令だとわかるので抵抗もできず、あれよあれよという間にドレス姿のマーシャが出来上がった。

「いかがでしょう？」

ドレスは落ち着いたラベンダー色だった。生地は上質だし、きっと素敵なデザインなのだろう。大きな姿見の前に立っても、自分の姿をはっきり確認できないのが残念だ。

「はい。……あの、ありがとうございます」

肌からはわずかにバラの香りがしていて、まとうドレスが絹なのもわかっている。

とりあえず、着替えを手伝ってくれた城勤めの女官たちにお礼を言うことしかマーシャにはできなかった。

慌ただしく支度を終えたマーシャが次に通されたのは、明るいサロンだった。

部屋に入った瞬間、甘いにおいが鼻孔をくすぐる。ぼんやりとしか見えないが、テーブルの上にお菓子が用意されているせいだ。

「昨日はどうも。マーシャ……。こちらへおいで」

庭園で出会った青年と覚しき人物が、ソファに座りくつろいでいる。

来るようにと促されたが、マーシャの足は震え、その場から動けなくなった。

ここまでされるとさすがに、マーシャを呼び出した人物が誰なのか予想できてしまうからだ。

彼は城の一室を自由に使える。どれだけ身分が高くても、軍人や文官が私的な用件で女性を招き、城内で入浴や着替えをさせることなど許されるはずはない。

個人的な招待ができるのは、この城を私的に使っている者だけではないのだろうか。

(つまり……、私は昨日……皇帝陛下に喧嘩を売ってしまったのね……)

小心者のマーシャは、混乱し、返答すらできなくなった。

「私が誰か、本当にわからないか?」

いつまでも動こうとしないマーシャに痺《しび》れを切らしたのか、青年が立ち上がり近づいてくる。距離が近くなると、髪の色や服装がかろうじて見えるようになった。清潔で力強い印象を与える短めの黒髪に、落ち着いたブルーグレーの瞳をした青年だ。

昨日とは違い、柔らかそうなシャツにベストというくつろいだ服装だ。なぜ皇帝の居城であるこの場所でそんな服装ができるのか。

すべて、マーシャの予想が当たっているという裏付けにしかならない。

「お、恐れながら……こ、皇帝陛……」

ヴァンスレット帝国はその領土を広げるにあたり、皇帝自らが軍を率いて皆を導いてきたという。ここ五十年ほど大きな戦はなく平和だが、皇帝は今でも強者の象徴だった。

実際に、代々の皇帝は軍の最高位である「元帥《げんすい》」の地位に就いていて、公式行事の際に軍服をまとうのが慣例だった。

昨晩マーシャが出会った人物は「城の警備をしている軍人さん」ではなかったのだ。

「いいや、身分をたずねているわけではないよ。君は薄情だ」

カチャリと音がして、なくしたメガネが戻ってきた。視界が急に鮮明になる。

最初に飛び込んできたのは、マーシャを見つめる見目麗しい青年の姿だった。

「そ……そんな……？　どうして……」

マーシャは彼を知っている。二年前によく一緒に過ごした青年で、マーシャにとっては初恋

の相手だ。なぜわからなかったのか不思議なほど、声も、物腰も、わずかに漂う香水の香りも、すべてがマーシャの知る人だった。

「ようやく会えた」

「……ギディオン様……。でも、そんな……」

その名前が本名かどうかすら、マーシャは知らなかった。マーシャにとってはただの「ギディオン」で、名字や身分はあえて聞かずにいた。

「そうだ。きちんと名乗っていなかったな？　身分は明かさなかったが君には本当の……親しい身内のあいだで使われる名を教えたんだ。理解できたか？」

「ギディオン様が……ジョーセフ五世、陛下……？」

新皇帝はジョーセフ五世。フルネームはジョーセフ・ギディオン・ヴァンスレットである。ギディオンという名はそれほど多くはないものの、唯一の名ではない。以前、親しくしていた青年が皇族だったなどといったい誰が想像できただろう。

「これまでどおり名前で呼んでくれ。それにしても視力がよくないとは聞いていたが、しばらく会っていなかっただけで顔を忘れるほどとは知らなかった」

「私は……っ、その……」

「普段はどうやって人を見分けているんだろうか？」

「姿と声です。でも昨日は雑音が多くてわかりませんでした。どうか、ご無礼をお許しください」

　昨日は風が強く、楽団の演奏もあったから彼だとわからなかった。いや、仮に静かな場所でも気づけたとは限らない。

　マーシャの知っているギディオンは豪華な軍服など着ていなかったし、髪も長かった。今よりもっとほがらかな印象の青年だった。

「だめだ、許さない。……薄情な君には罰を与えよう」

　小さな顎に手が添えられて、無理矢理上を向かされた。

　いったいどんな罰が与えられるのかわからず、マーシャはされるがままになっていた。落ち着いた色合いの瞳がすぐ近くにあった。

　憤《いきどお》っているようには思えない、優しいまなざしだった。

「んっ⁉」

　彼の瞳に囚《とら》われているあいだに、唇同士が重なった。

「以前にも、こうしたことがあったな？　……忘れてしまったなら今思い出してくれ」

　ドキドキして、けれど泣きたくなるほどせつないこの感覚をマーシャは以前にも一度、経験していた。

　薄情だと彼は言うが、彼を思い出さない日などマーシャには一日たりともなかった。

　ただもう会えないと思っていたから、言葉や態度には出さなかっただけだ。

再び唇が重なった。

今度は厚みのある舌が歯の隙間をこじ開けて入り込む。だんだんと足に力が入らなくなる感覚に抗《あらが》いながら、マーシャは二年前に彼と過ごした日々を思い出していた。

第二章　初恋

十六歳のマーシャは暇さえあれば図書館に通い詰めていた。

ヴァンスレット帝国の都には、大きな図書館がいくつかある。

五十年ほど前、当時の皇帝が「学問こそ平和な未来の礎《いしずえ》になる」と唱え、都に博物館や図書館をいくつか建設した。

マーシャのお気に入りの図書館は、その皇帝が最初に建設を命じた国立第一図書館だ。

図書館の入館許可は、一定の身分の者にしか与えられていない。

高等教育を受けている者、学者や研究者などの専門家、そして貴族だ。

学術研究のための施設だから、最近マーシャが読《よ》み漁《あさ》っている大衆向けの物語はこの図書館には置いていない。それでも読んでみたい本はたくさんある。

とくに学術書や専門書は高価だから、この図書館はマーシャにとってなくてはならない存在だ。

背の高い書架が等間隔に並ぶ光景は圧巻だ。静かな空間にひかえめに響く足音やページをめくる音、そして本の香りに心が和む。

この日マーシャは父の使いを兼ねて図書館を訪れていた。

「ええっと……『東方種子研究』は……」

最近のマーシャは急激に自分の視力が落ちているのを自覚していた。通い慣れているため、植物学の書架の位置はわかるが、父が求めている本のタイトルを探すのには一苦労だった。

ようやく見つけたお目当ての本は、背より高い位置にある。マーシャは手を伸ばし、その本を取ろうとしていた。

(届かない……)

各通路の決まった場所に台が用意されていて、高い場所にある本はそれを使って取ればいいだけの話だ。けれど背伸びをすれば届きそうな場所の本を取るために無駄な往復をするのが嫌だ、などとつい思ってしまった。

精一杯の背伸びで目的の本を掴んで、ゆっくりと引き出す。

片手で別の本を抱えたままの行動は無謀だった。傾いた本が予想以上に重たくて、無理な体勢で伸ばした手では支えきれなかった。

「うっ！　痛ぃ」

ゴン、と手から滑り落ちた本がマーシャの後頭部を直撃し、その場にとどまった。

なぜ本が落ちないのか――マーシャの背後で本を支えている者がいるからだ。

「……すまない、間に合わなかったようだ……。フッ。……ククッ！　ハハハ……」

声の主は落ちそうになっていた本を抱え、こらえきれずに笑いだした。

ここは私語厳禁の図書館だ。我慢しようと努力しているのに、どうしてもできないという様子が声だけでもよくわかる。

「失礼ね」

マーシャが振り向くと、背後には青年が立っていた。シンプルなジャケット姿で、長めの黒髪を細いリボンで括《くく》っている男性だ。

年齢は二十代中頃で、すっきりとした目鼻立ちをしている知的な印象の人物だった。

マーシャが非難の視線を向けると、彼は何度か大きく息を吐いて笑いをこらえようとした。けれど我慢しようとすると余計に思い出してしまうのか、なかなか収まらない。

しまいには本を片づけていた司書に咎められてしまった。

すると青年は、手招きをしてから近くにあった扉のほうへ歩きだした。

（話ができないからついてこい……という意味かしら？）

小さな扉から一度廊下に出ると、そこからさらに庭園へと繋がる扉がある。

庭園には東屋《あずまや》があって、取り扱いに注意が必要な希少本以外なら持ち出してそこで読むことが許されていた。

季節は冬で、屋外はかなり寒かった。当然、この場所で本を読もうと考える来館者などいない。少しの冷えと引き換えに庭園を独占できるのならば悪くはないとマーシャは思った。

石畳の通路の左右に植えられた植物は、外国から持ち込まれたものもある。学術研究のための施設らしい庭園だった。

めずらしい草木の名前が書かれたプレートを眺めながら、二人は東屋のほうへ向かった。

東屋は六本の柱で支えられて、正面以外の五辺がベンチになっている構造だ。中央にテーブルが置かれていて、座面が硬いことを除けば本を読むのに適していた。

青年がベンチに腰を下ろす。続くマーシャは彼の向かいに座った。

「笑ってしまい、すまなかった」

まずは真摯な態度で謝罪をしてくれた。

マーシャはここのところ、徐々に視力が落ちていて不便を感じることが増えていた。テーブルを挟んで向かい側に座った彼の顔ははっきりとは認識できない。

どんな表情で謝っているのかは不明瞭だけれど、声色だけでなんとなく誠実さは伝わった。

「お気になさらないでください。あなたが掴んでくださらなければ、本を落としていました。本だけでも無事でよかったです」

マーシャは青年が抱えたままだった本を受け取った。

「それにしても、随分いろいろな本を読むんだな？　植物学、考古学の専門書……それに錠前の造り方？」

確かにマーシャが選んだ本は、一見するとなんの関連性もない組み合わせだ。

「違うんです。植物学と考古学の本は父の使いで借りました。私の父は学者ですから」

「だったら錠前の本は君が読みたいものなのだろうか？　男性の趣味としては流行《はや》った時期もあったらしいが、変わっているな」

高貴な男性の趣味と言えば、乗馬だったり、狩りなどのスポーツだったりというのが一般的だ。けれど一昔前、風変わりで他者とは違う趣味を持つことが一流の紳士だとされた時期があった。

錠前作りなどの金属加工もその一つだ。

「ええ……。でも、本当に造りたいのではなくて鍵の構造が知りたかったんです。先週は建築に関する本も借りましたよ」

「なぜ？」

「ええっと」

マーシャは正直に話していいものかわからずためらった。

錠前造りの本を借りたのは、最近寝る間も惜しんで読んでいる『名もなき探偵』の内容を検証するにあたって、必要だったからだ。

「いや、……すまない。不躾《ぶしつけ》だった」

「どうかお気になさらずに。とても低俗でくだらない理由だと言われてしまいそうだったので、お話ししていいものか迷ってしまったのです」

彼もこの図書館に出入りする権利を持っているのだから、それなりの身分の人なのだろう。

貴族のあいだでもこのような物語は人気があるのだが、低俗と一蹴する者も多い。

サフィーク伯爵家の家庭教師ジェナも、「お嬢様の教育によろしくない」と言ってこの手の本を捨てようとしたくらいだ。

幸いにして、父が人の興味を奪うことのほうが低俗だと家庭教師を諌《いさ》めてくれたおかげで、マーシャは本を奪われずに済んだ。

「なんだかわからないが、人の趣味趣向に文句を言うことはないと思うよ」

「じつは、物語に出てくる探偵が悪人の屋敷に閉じ込められるシーンがあるんです。その脱出方法が本当に可能なのか知りたくて、鍵の構造を調べていたんです」

「ああ、いくつかそんな話はあったな。最近人気のある物語だと『名もなき探偵』とか……」

青年のほうから題名を出してきた。

「ご存じだったのですか?」

「もちろん。頭の固い貴族ほどそういった本を馬鹿にする傾向があるが、案外必死になって否定する者ほど隠れて読んでいたりして」

「ありえますね。だって、おもしろいんだもの」

青年は気さくな人物だった。同じ本を読んでいたというそれだけで、マーシャの中に親近感が湧いてくる。

「それで君は、登場人物と同じように解錠ができるか試したかったというわけか」

「ええ。ただ読むだけでは足りないんです。その物語に出てくる道具、食べ物、動植物……一つの物語への理解を深めるのには、どうしても必要だと思います」

今日はたまたま鍵の構造が気になって本を借りたマーシャだが、興味が尽きることはない。

作中に知らない名前の花が出てきたら育ててみたくなる。主人公が歌劇を鑑賞して絶賛していたら、同じものを観《み》て、同じ気持ちに浸りたい。

マーシャは理解してくれそうな人に出会えて気分が高揚していたのだろう。おしゃべりが止まらなくなってしまった。

「ハハッ！」

途中まで黙って相づちを打ってくれていた青年が、急に笑いだした。

「笑わないとおっしゃったのに」

マーシャはショックだった。彼はとても誠実そうで、人の趣味を笑ったり貶《けな》したりしない人だと感じていたからだ。

館内にいたときのように、こらえようとしても無理という様子だった。あまりに長いあいだ笑うものだから、マーシャの中に怒りが込み上げてくる。

「いや、すまない。馬鹿にしたわけじゃない。一生懸命な君が可愛らしいと思っただけだ」

「か……可愛い……？」

身内以外からそんな言葉を言われた経験がないマーシャは、急に恥ずかしくなった。幸いにして直前に怒っていたから、顔の赤みがいつまでも引かない理由を青年に見透かされなくて済みそうだ。

先ほどから彼には感情を揺さぶられてばかりいる気がした。

「いろいろなものに興味が持てるのはいいことだ。……そうそう、君はサフィーク伯爵という方を知っているだろうか？　古代人と同じ食事をしようと考えてお腹《なか》を壊したとか、千年前の狩猟方法を試そうとしてクマに襲われたとか。功績と同じくらいにとんでもない逸話を持っている人がいるんだ」

知っているもなにも、それはマーシャの父である。

青年はきっと、なんにでも興味を持つことが功績やなにかの発見に繋がると言いたいのだ。

そして、奇妙な逸話が多いが有名な学者でもあるサフィーク伯爵とマーシャがどこか似ていると感じたのかもしれない。

「……そ、その……私の父です」

父は尊敬できる学者ではあるものの、変人であるのも否定できないというのがマーシャの認識だった。

マーシャ自身は常識人のつもりだったのに、血縁関係を知らない者が既視感を覚えるほど、二人は似たもの親子だったらしい。

「なるほど、納得した」

「そう言えば、まだ名乗っていませんでした。私はマーシャ・サフィークと申します」

「マーシャか。……私は……」

そこまで言って、彼はなにかをためらった。

図書館に出入りしているのだから、貴族か研究者か学生か――それなりの身分を持っているに違いないが、マーシャには教えたくないようだった。

「名乗っていただく必要はありません。ただ、呼び名がないと不便ですから……」

本当は拒絶に思えて落胆する気持ちもあったのだが、なにか事情があるのに聞きたがるのは浅ましい。

だからマーシャは、偽名でいいから呼び方を決めてほしいと彼に促す。

「では、……そうだな、ギディオンと呼んでくれ」

「ギディオン様ですね？」

「ああ、よろしく。マーシャ」

短い時間ではあったものの、その後も好きな本の話をして二人で過ごした。少し会話をしただけでも、ギディオンはかなりの博識だとわかった。

たとえば物語の中で主人公が引用した文章の出典を正確に言えたり、作中で訪れる外国の景色をまるで見てきたかのように語ったりする。

(不思議な人……もしかしてお父様と同じ学者さんかしら?)

上質だが、装飾が少なめのジャケットを着ている知識人だから、なんとなくそんな推測をしてみる。

彼の話を聞くのも、彼に話を聞いてもらうのも楽しくて、時間はあっという間に過ぎていく。冬の太陽は沈むのが早いから、そろそろ帰宅しなければならない。

「今日は楽しかったです。それでは父に本を届けなければいけませんので失礼いたします」

マーシャは三冊の本を抱えて立ち上がる。

「……待って。一週間後、同じ曜日。……たぶんまたここに来るから」

だからどうしてほしいとまでは言われなかった。

マーシャは彼に背を向けたままコクコクと頷《うなず》いた。それから足早に東屋を立ち去る。

やましいこともないし、彼とはもっと話をしたいはずなのに、どうして逃げ出したいと思ったのだろうか。

胸が熱くて痛いような気がしていた。

◇　◇　◇

その出会いをきっかけに、マーシャは同じ曜日、同じ時刻に図書館へ通うようになった。

とくに約束をしているわけではないけれど、彼に会えたらいいと密かに期待してしまう。

本を読みながら、時々感想を伝え合ったり、雑談をするだけの関係を続け二ヶ月が過ぎた。

もうすぐ冬が終わる。朝と夜は冷え込むが、晴れた日の日中は過ごしやすい時期だ。庭に出ると、真冬には感じられなかった土や緑のにおいがして癒やされた。


この日はマーシャが先に到着していて、借りたばかりの本のページをめくっていた。読んでいるのは百年前に書かれた歌劇の台本の写しだ。

先日、父と一緒に観劇に行った際に感動して、原文を読んでみたいと思ったのだ。

ヴァンスレット語で書かれた文章のはずなのに、百年前の言葉は言い回しが今と異なる部分があって、読みづらい。知らない言葉を調べながらの読書のせいか、だんだんと眠くなってしまった。

（こんなところで眠ってはいけないわ……）

ページをめくる手が止まり、つい柱にもたれかかってしまう。

今日はいつもより早めに着いたから、ギディオンが来るまで時間はあるはず。だんだんと眠気に抗えなくなり、瞼《まぶた》が重くなっていった。

ほんの少し目を閉じて休憩をしているだけで、自分はまだ意識を保っている。マーシャはそんな認識のまま、現実と眠りの世界の合間を漂っていた。

（なんだか温かい……）

しばらくするとぬくもりに包まれているような感覚になった。屋外だというのに寒くはないし、もたれかかっている柱もなぜだか柔らかくなっている。

すっきりとした花のにおいもする。それは、ギディオンに触れられるくらいに近づいたときにだけわずかに漂う香りに似ているような気がした。

「……ギディオン様」

早く会いたい。今日も来てくれるだろうかという期待がいつのまにか声になっていた。

マーシャは自らの声に驚いて、ハッと目を覚ました。起きているつもりでいただけで、実際にはかなり前から寝ていたのだ。

「おはよう、マーシャ」

顔を上げるとギディオンと目が合った。

マーシャの身体には彼の上着がかけられていた。もたれていたのは東屋の柱ではなく彼の肩だ。いい香りも、本人のものだから既視感があって当然だった。

先週までの彼は、テーブルを挟んだ向かいの位置に腰を下ろしていたのに、今ははっきり表情がわかるほど近くにいる。慣れない状況に、マーシャは混乱した。

「ど、どうしてっ？　私、居眠りするつもりなんてなかったのに……。ごめんなさい！」

マーシャは慌ててギディオンから距離を取る。まぬけな寝顔を見られたのも、恋人でもない異性の肩を借りてしまったのも、穴があったら入りたいほど恥ずかしい。

「そうだな……。寝顔は可愛らしいけれど、あまりに無防備で心配だから私がいないときはやめてくれ」

彼は片目をつむり冗談めかしてそう言った。咎める意図はないのだとわかる。

「はい。気をつけます」

反射的にそう答えてから、マーシャはギディオンの言葉を振り返った。「私がいないとき」と彼は言ったのだから、彼がいるときならば問題ないという意味になってしまう。頬や耳のあたりが急に熱くなった。

「そ……そうだ……。上着をお返ししますね」

マーシャは体温の上昇を厚着のせいにしたかった。

身体にかけられたままになっていたギディオンの上着を取り払い、彼に手渡そうとした。そのため、もう一度二人の距離が近づいた。

「寒くはないか？　まだ着ていてもいいんだぞ」

「いいえ！　暑いくらいです。冬ももう終わりですから」

マーシャは強引に上着を押しつけた。

すると急に手が伸びてきて、指先が頬に触れる。ギディオンの指先はひんやりとしていた。

「やせ我慢ではないようだ。……君の頬は手を温めるのにちょうどいいな」

頬が熱くなる原因はギディオンだというのに、意地悪だった。

初心《うぶ》なマーシャが、彼への恋心を自覚したのは、きっとこの瞬間だ。

（でも……想《おも》いを口にしたら、なんだか終わってしまいそう……）

マーシャは愚か者ではないから、恋に落ちたのと同時に、この想いが叶うことはないとわかってしまった。

ギディオンはマーシャをよく知っている。家名も家族構成も趣味も、マーシャのほうから彼に聞かせたからだ。

一方で、マーシャは彼を知らないままだ。

わかっているのは、時々彼がなにか思い悩んでいることくらいだ。二人で会話をしているときは楽しそうにしているのに、ふとした瞬間に瞳の奥に愁《うれ》いが見えることがあった。

もっとギディオンを知りたい、悩みを教えてほしいと願ったら、拒絶されてしまいそうな予感と、彼がもうこの場所へは来てくれない予感がした。

だからどれだけ親しくなっても、彼になにかを求めはしなかった。

そして、ギディオンとの交流を始めてから半年が経過した頃、マーシャの父が病に倒れた。

父は家庭教師ジェナの勧めでその病を治療する専門の医者がいるという地方都市で暮らすことになった。

弟のウォルトやジェナ、ジェナの娘が同行する中で、マーシャだけは伯爵家を守るために都に残った。

領地には管理人がいるし、伯爵家が関わっている事業にもそれぞれ実務を取り仕切る者がいる。伯爵家当主の職務は、重要な決定事項があるときにその可否を判断することだ。マーシャは父の回復を信じ、家を守るために必死に働いた。

父の闘病中に、浮ついた気持ちでギディオンに会いに行く気にはなれなかったため、マーシャの足は図書館から遠のいた。

最後に伯爵家の事情を軽く説明すると、彼は応援すると言って笑顔で送り出してくれた。忙しいせいで、もう会えないかもしれないという寂しさを感じる暇がなかったのは幸いだ。

まずは当主代行となるべく、役所に出向いて必要な書類を提出した。

けれど結果は「却下」。書類に不備はないはずなのに、なぜだか審査が通らない。

たとえば、当主代行が認められるのは当主本人にやむを得ない事情がある場合だ。

重い病で療養中の父はそれに該当するはずだと訴えても「本人が決裁できないとまでは言えないのではないか」などと言われてしまう。

役人は最後に「もっと慣例を調べろ」と言って、書類を突き返してきた。

（慣例って……？　なんだか嫌な言い方だったわ）

マーシャの予感は当たってしまう。担当の役人についての噂を聞いて回ったところ、「慣例」は、個人的に金品を渡す行為を指すと判明した。

真面目なマーシャはどうしていいかわからず困惑した。

「久しぶりに図書館へ行ってみようかしら……?」

もう少し、貴族に関する法律を調べたら、書類の穴が見つかるかもしれない。

より完璧なものを提出すれば、あの役人が承認せざるを得ない状況になるのではと期待した。

なによりギディオンに会って、励ましてもらえたら頑張れる気がしたのだ。

しばらく図書館には行けないと彼に告げてから数週間。ギディオンはもう同じ曜日に通っていないかもしれない。自分の都合で会いに行かなかったくせに、相手に待っていてほしいだなんて勝手もいいところだ。

きっと彼はいない――そんなふうに言い聞かせながらも、マーシャは会いたい気持ちを否定できなかった。

久々に訪れた図書館の庭園は無人だった。

春にはマーシャたち以外にも屋外でくつろぐ来館者がちらほらいたのだが、気温が高くなったので、日当たりのよい屋外に出る者が減ったようだ。

借りたばかりの本を抱え、マーシャはいつもの東屋に向かった。

貴族に関する法律が記されている本のページを丁寧にめくり、関係がありそうな場所にしおりを挟む。しばらくメモを取りながら読み進めていくと、鳥のさえずりに混ざり誰かの足音が聞こえた。

「久しぶりだ」

マーシャは本に視線を落としていたので、いつにも増して視界がぼやけた。けれど声だけですぐに彼だとわかる。低く落ち着いていて、優しい雰囲気の声だった。

「ギディオン様……。ご無沙汰しております」

ギディオンは以前と同じようにマーシャの隣に座ってくれた。テーブルの上に置かれた本の表紙を見てから視線をマーシャのほうへ移した。

「法律関係の本ばかりだな。やはり家のことが大変なんだろうか？」

「伯爵家というより、お役人とのやり取りが大変なんです」

「役人？」

「そうなんです。お父様のご病気が『やむを得ない事情』に該当するという根拠が乏《とぼ》しいって言われてしまいました」

マーシャは過度に深刻な悩みとして受け取られないように、冗談めかして現在起きている問題を彼に伝える。

「診断書を出したんだろう？　認められるはずだ」

マーシャは首を横に振る。

ギディオンも役人による「慣例」を知らないのだろう。

「……知人から得た情報ですが、そのお役人に書類を受け取ってもらうためには、金色の平べったいなにかが必要なんですって」

マーシャは皮肉の笑みと一緒に、親指と人差し指で輪っかを作ってみせた。

もちろんこの国の法律では、役人に便宜を図ってもらうために金を渡すのも、それを求めたり受け取ったりするのも犯罪だ。けれど担当の役人は高位貴族の子息で、彼に逆らうと貴族社会で立場が悪くなる。

結局、皆が見て見ぬ振りをするしかないのだ。

「……そんな者がのさばっているのか？」

ギディオンはそういう者が心底嫌いなのだろう。顔をしかめ、大きなため息をついた。

「残念なことに、そのようです。お金は出せるのですが、後々贈収賄《ぞうしゅうわい》の共犯になりそうでどうしたものかと悩んでおりました」

これがもし正当な手数料として認められるのなら、払ってもいいとマーシャは思う。けれど、あとになってこの判断のせいで伯爵家が窮地に陥ってしまう事態を懸念していた。

「なるほどな。君は冷静だ」

「ギディオン様なら、こういうときどうなさいますか？」

「金は出さないほうがいいだろう。そんな役人はきっと誰かの恨みを買っている。捕まる日も近いかもしれないぞ」

ギディオンもマーシャと同じ考えのようだった。

悪事を働く役人は、いつか罪に問われるかもしれない。

そのとき、サフィーク伯爵家が多額の現金を渡していたことが明るみに出れば、どうなるだろうか。

相手が高位の貴族で逆らえなかった。ほかの役人も見てみるふりをして助けてくれなかった。

そんな言い訳は通用しない。

「そうですよね。こちらは正攻法で行くしかないのかもしれません。でも……」

この場合の正しい行動は二つ。

一つは信頼できる権力者に相談し、不正を罰してもらうこと。

けれどマーシャには、あの役人に対抗できるほどの身分を持つ知り合いがいないから、こちらの手段を取るのは無理だ。

もう一つは、一切の文句がつけられないほど完璧な書類を用意すること。だからマーシャは必死に法律関係の本を読んで対策を考えていた。

「次に会うとき、その書類を見せてくれないか？　助言はできると思う」

「ギディオン様が？」

「そうだ。……信用できないだろうか？」

謎の多い人物だが、ちょっとした仕草などには気品があって、おそらく貴族であるのは間違いない。法律の専門家かどうかはわからないが、彼は博識だ。

「いいえ、ぜひお願いします」

行き詰まっているときに他者から助言をもらうことは有効だ。マーシャは彼からの提案を受け入れ、その日は別れた。

伯爵邸に帰ると父から手紙が届いていた。

手紙には、症状は安定していて、回復に向けて前向きな気持ちであると書かれていた。

治療のために入院が必要となってしまい、ウォルトに寂しい思いをさせていると詫《わ》びる内容もあった。

主治医は信頼できるし、ジェナが付き添ってくれるから生活に不自由はない。マーシャには負担をかけているが、頼りにしているから頑張ってほしいという言葉で締めくくられていた。

（お父様の筆跡が随分と変わってしまったわ……）

元気な頃の父は、よくペン先をだめにしてしまうくらい力強い文字を書いていた。

今はところどころ震えていて、弱々しい。

あきらかに体力が落ちているのに、元気だと強調するのは、マーシャに心配をかけまいとする父の気遣いに感じられた。

だからマーシャも嘘のない範囲で前向きな内容を手紙にして父へ送った。

次の週、ギディオンは約束どおりマーシャの作成した書類に目を通し、助言をしてくれた。

彼の見立てによればマーシャの作った書類には大きな不備はなかった。けれど細かい部分でいくつか曖昧な点があり、そこを直すべきだという。

マーシャも彼の助言を素直に受け入れて、数日後にもう一度、当主代行の申請を行ったのだが……。

「え？　担当の方が移動になったのですか？」

賄賂をよこせと匂わせていたあの役人がいなくなっていた。

「ええ、まぁ……いろいろと事情がありまして」

新しい担当者は、言いづらそうにしている。その様子から、あの役人の不正が暴かれてなんらかの処罰が下されたのだと想像できた。

そして申請書類は、拍子抜けするほどあっさり受理された。

（こんなに都合よくあのお役人がいなくなるなんて……）

馬車に乗って屋敷へ戻る最中、マーシャは不自然に思えるくらい都合のいい展開に首を傾げていた。不正をしていた者がいなくなり、役人に屈しなかった伯爵家は巻き込まれる事態を回避できた。

八方塞がりだったのに、ギディオンに相談してから嘘みたいにすぐに解決してしまった。

ただの運というよりも、マーシャは現実的な発想でこの状況を考える。

（ギディオン様のお知り合いに偉い方がいたのかしら？　一週間後に書類の確認をしたいと言

ったのは、もしかして解決までの時間を稼ぐため？）

博識な彼ならば、知人友人に役人がいてもおかしくない。そんな結論に至った。

（なにか、お礼をしなきゃ……）

だからマーシャは次の週も図書館へ行くことに決めたのだ。

◇◇◇

その日もギディオンはいつもの東屋にいた。

まずは書類の確認をしてくれたお礼に、お菓子を渡す。都で人気のお店で買ったギモーブだ。

贈収賄の不正から逃れるための助言をしてくれた人物に高額な金品を渡したら元も子もないから、お礼はささやかな品物にとどめた。

「おかしいんです」

「なにがだ？」

「問題のお役人が、急にいなくなったんです。新しい担当者の方はとても親切でした。……こんな、魔法みたいに都合のいい話ってあるのかしら？」

マーシャはあえて回りくどい言い方で問いかける。

「君の日頃の行いがよかったから、神様が助けてくれたのかもしれないな」

予想どおりだが、彼は困った顔をしてはぐらかした。

本人に話す気があるのなら、マーシャが相談した日に伝手《つて》があると教えてくれてもいいはずだった。きっとこの件は、ギディオンにとって深く追及してほしくない部分に触れてしまうのだろう。

「もし、神様が見ていてくださったというのなら、その神様は案外近くにいらっしゃるのかもしれませんね」

ギディオンがどういう身分の人物なのか、詮索したら会えなくなってしまいそうだった。

きっと城勤めの役人に伝手があって、動いてくれたのだとわかっているのに、回りくどい言い方をしたのはそのためだ。

「ねぇ、ギディオン様。その神様は見返りを求めないのでしょうか？　私としてはお礼がしたいのですが、好きなものを知りません」

「少なくとも、お金で買えるものはほしがらないだろうな」

「そうなんですか……」

マーシャはそれを拒絶の意味として受け取った。礼など必要なく、これ以上踏み込んでくるなというふうに距離を取られてしまったのだろう。ところが……。

「その神様は、乙女の祝福がほしいようだ」

ギディオンが細い腰に腕を回し、二人の距離が近づいた。視力が悪くても、この距離になれば彼の容姿がよくわかる。

眉は太めで凛々しいけれど、威圧感はない。目元が知的で優しげなせいだろう。普段ぼんやりとしか見えないから、マーシャはまばたきすらせずに彼の瞳を見つめていた。

先ほどまでのなにかをごまかすための笑みはどこかに消え、その表情は真剣だった。冗談で言っているのではないと十分に伝わった。

「祝福……？　それなら、私が……祝福のキ、キス……を、しなければいけないのですね？」

マーシャは彼がなにを求めているのか正しく理解していた。急に心臓の音がうるさくなった。

「嫌か？」

「そんなはずないです」

恥ずかしいからすぐにはできないだけだ。

マーシャは手を伸ばし、指先で彼の唇に触れ、感触を確かめる。それからためらいがちにそっと自らの唇を押し当ててみた。重なっていたのはわずかな時間だ。

キスが終わると彼と視線が合わせられなくなり、うつむいた。

「……頬でもよかったんだが」

「え……？」

「頬にしてくれたら、それで終わりにしていた」

マーシャは意味をはき違えたのだろうか。

「だったら止めてくだされればよかったのにっ！」

彼が求めていたのは特別なキスではなく、ただの感謝だけだった。

勘違いのせいでマーシャの羞恥心は限界を超え、涙目になった。

「調子に乗るなと叱ってくれればよかったのに……。頬だったらちょっとした冗談で終わりにできたはずなのに……」

「なにをおっしゃって」

知的で誠実な好青年というのが彼に対する印象だった。それが急に理不尽な言動をする人物に変わってしまった。

「マーシャ」

ギディオンがとても苦しそうだから、マーシャは彼を癒やしてあげたかった。

けれど方法を知らなくて、泣きたい気持ちになってしまった。

「ギディオン様……？」

「だめだ……。止まれそうにない」

ギディオンはそのままマーシャの肩を軽く押した。東屋の天井が見えて、自分がベンチに寝かされているのだというのはぼんやりと理解していた。

ギディオンがどうしたいのか、なにが止められないのか、それでようやく理解した。

（束《つか》の間《ま》の関係でもいい……、一度だけでもいい……）

マーシャも彼と同じだった。

だから彼の背中に手を回して引き寄せた。

今度は彼のほうから唇を重ねてくれる。強引に舌が差し込まれ、ねっとりと絡みつく。これはもはや挨拶でもお礼でもなく、特別な関係でなければ許されないキスだった。

歯の隙間から入り込んだ舌がマーシャの舌に絡みついた。

動悸《どうき》がして、どうやって呼吸をすればいいのかわからずだんだんと息苦しくなる。マーシャは耐えられず、ギディオンの胸を押していた。

「……はぁっ、ギディオン様……息ができないから……長くしないで」

「呼吸なんて鼻からすればいい」

ギディオンは止まってくれなかった。彼を押《お》し退《の》けようとしていた手が強引に掴まれて、どかされてしまった。すぐにキスが再開される。

浅くついばむキスが繰り返され、唇が腫《は》れぼったくなる。

「……んっ」

油断すると声が漏れてしまい、マーシャは自分がふしだらな女性になってしまった気がして困惑した。結婚相手でもない人とこんなことをしてはいけないと、わずかに残る理性が訴えているのに、やめられない。

やがてギディオンの舌が口内をまさぐりだす。今度はためらわず彼の行為を受け入れた。す

ると頭がふわふわとして、慎みなどどうでもよくなってしまった。

（気持ちいい……こんなの、初めて……）

積極的に貪ることが相手に想いを伝えることと同義である気がした。好きだと言ったら壊れてしまいそうな関係だったから、無言のまま溶け合って溺れてしまいたかった。

気がつけばマーシャのほうからも積極的に舌を絡め、貪欲にギディオンという人を知ろうとしていた。

舌の厚み、口内の温度、そして吐息——もっと彼を感じたくて、制止が利かなくなっていく。

「あぁっ！」

ギディオンの大きな手がドレスの裾をめくりマーシャの脚に触れた。こそばゆくてゾワリとなにかが迫《せ》り上がってくる感覚に、マーシャは耐えきれず身じろぎをした。

不埒な手はドロワーズ越しに敏感な内ももに触れている。ギディオンがなにをしたいのか、マーシャは知識としては知っていた。

これ以上進んだら、純潔を捨てることになる。

名前すら本名かどうかわからない人に、初めてを捧《ささ》げることになるのだろうか。

「マーシャ……」

唇が離れ、名前が呼ばれた。

今度は首筋にキスが落とされた。そこは心地よさよりもくすぐったさが勝って、どう頑張っても声が漏れてしまう。

「はっ、……んっ、ギディオン様……あぁ……、声、出ちゃいます。……塞いでくれないと……ん！」

ピリッと痛むくらい首筋が強く吸われる。ギディオンはそれからすぐにマーシャの願いを叶えてくれた。

このままどうなってもかまわないと、マーシャはドロドロに溶けきった頭で考えて、彼のすべてを受け入れようと目を閉じた。

間違った行動をしている自覚はあったが、どうでもよかった。

けれどそのとき、大きな鳥の羽音が響き、その音が二人を現実に引き戻した。

ギディオンは目を見開き、すぐにマーシャから離れた。

「……その、すまない」

おそらく最初で最後となる初恋の人との甘い時間は、姿の見えない鳥に邪魔されて終わってしまった。

「いいえ、ギディオン様。……ありがとうございました」

マーシャは身を起こし、なんでもないことだと笑ってみせた。

今度は彼の頬にキスをする。

彼が求めていたのは、感謝を込めた頬へのキスだから、間違いを正すけじめのつもりだった。

それからマーシャは同じ曜日に図書館へ行くのを完全にやめた。

もし彼が東屋にいなかったら、それは彼から別れを告げられたのと同じ意味になる。それを思い知らされるのが怖くて、マーシャは自ら離れることを選んだ。

こうして彼女の初恋は終わりを告げた。

◇ ◇ ◇

当主代行の仕事に邁進《まいしん》するマーシャのもとへは、定期的に父や弟からの手紙が届く。

父からの手紙には、前向きな内容が多く記されていた。「治療薬を試している」、「体力が回復してきた気がする」、そして「ジェナが献身的に支えてくれている」——だんだんとそんな話が目立つようになった。

相変わらず文字は震えていたが、マーシャはその手紙を読んで、近いうちに家族が元どおりになるという希望を抱いた。

しばらくすると、父がジェナとの再婚を考えているという知らせが届いた。病床の父は家庭教師のジェナを信頼し、心のよりどころにしていたのだ。

家庭教師としてのジェナは、マーシャとはそりが合わない部分が多かった。サフィーク伯爵家は当主が自由人だったので、娘のマーシャもその影響を受けていた。

一方のジェナは昔ながらの固定観念に縛られ、貴婦人らしさを教え子に強要する人だった。

価値観の違う人を好きになった父の選択を意外に思いながらも、ジェナはよい医者を探してくれた恩人でもあったため、マーシャとしては二人の再婚に反対する理由はなかった。

ジェナは元子爵夫人で未亡人だ。

この国では女性の爵位継承に厳しい制約がある。一人娘のサンドラよりも、夫の実弟のほうが優先して家を継ぐ権利を持っていた。

ジェナとサンドラは財産のほとんどを新子爵に奪われ、身一つの状態で屋敷を追い出されたという。

父が再婚した理由の一つは、苦労人のジェナとサンドラへの同情があったのかもしれない。

互いに一度伴侶を失っているから、わかり合える部分も多かったのだろう。

定期的な手紙のやり取りでは、完治したら結婚式を行うのだと言ってはりきっている父がほほえましかった。

ジェナからも近況を知らせる丁寧な手紙が何度も届いた。

けれど、再婚から三ヶ月経《た》ち、都に届いたのは父の訃報だった。

ここからサフィーク伯爵家は大きく変わってしまった。

父の遺言でウォルトの後見人となったジェナは、丁寧な手紙を送ってくれていた頃が嘘のように、伯爵家を高圧的に支配した。

娘のサンドラも、喪が明けたらすぐにドレスや宝飾品を買い漁《あさ》るようになった。

マーシャが二人の行動をたしなめると「後見人に従うべき」、「わたくしが本当の娘ではないから、意地悪をしているのね」などと言って開き直る。

唯一の希望は、ウォルトが義理の家族にほだされなかったことだろう。

「大丈夫だよ、姉様。……僕が大人になったらあの人たちの自由になんてさせないんだから」

ウォルトは幼いが、賢い子だった。

マーシャの当面の目標は、彼が成人するまでなんとしても伯爵家を守り抜くことだ。

幸いにしてジェナやサンドラは、事業を維持し所領を守ろうとするマーシャの行動を妨《さまた》げはしなかった。彼女たちが豊かな暮らしをするためにも、安定した領地の運営は大切だからだ。

ただし、借金は作らないものの、とにかく金遣いが荒かった。

マーシャはそれまで以上に懸命に実質的な伯爵家当主としての職務をこなすようになった。

急な生活環境の変化と、夜遅くまでの書類仕事のせいで、マーシャの視力はどんどん悪くなっていった。

それまでは素敵な結婚相手と出会うためにも美しくありたいなどと考えて、多少目が悪くてもどうにか裸眼で過ごしていたのだが、そうも言っていられなくなった。

十七歳で初めてメガネを買うと、こんなに便利なものを今まで使っていなかったことを深く後悔した。

（メガネをしていたら、思い出の中のギディオン様のお顔も、もっと鮮明だったのかしら？）

どんなに忙しくしていても、眠る前は必ず彼を思い出した。

今度はもっと自分が幸せになれる恋をすればいいと頭ではわかっているのに、マーシャはまだギディオンだけを想っていたかった。

◇　◇　◇

十八歳のマーシャは、二度と会えないと思っていた初恋相手と再会を果たした。そしてなぜかギディオンの膝の上に無理矢理乗せられている。

給仕の女官すら下がらせて、本当に二人きりだった。

「ほら、口を開けなさい」

「自分で座れますし、食べられます」

プイ、と顔を背けるが、ギディオンが手にした焼き菓子が追いすがってくる。べつにギディオンが嫌なわけではないのだが、今は呑気《のんき》にお茶の時間を楽しむ気にはなれない。

「落としてしまうから抵抗するな」

用意されたお菓子は、城の料理人が丹精込めて作ったものだ。それを粗末に扱うわけにはいかず、マーシャは口を開き、焼き菓子を食べた。

落としたメガネを受け取りにきただけだというのに、なぜこんな状態になったのか。マーシャの理解は追いつかず、菓子の味がよくわからない。

「私が皇帝となった経緯は知っているな?」

まだ咀嚼《そしゃく》していなかったため、マーシャは無言で頷いた。皇弟だったジョーセフ五世が急遽《きゅうきょ》皇位を継承した理由なら、ヴァンスレット帝国の全国民が知っていると言っても過言ではないほど有名だ。

「元皇太子エグバート……つまり私の甥だが、彼は繊細な青年で為政者としては優しすぎると言われていた。以前からエグバートではなく私を次の皇帝にという動きがあったんだ。……ところで、紅茶はいるか?」

マーシャは彼の膝の上に座ったままの状態でカップを受け取り、紅茶をいただいた。それでようやく口の中が空っぽになり、話せるようになった。

「皇弟殿下が国の要職に就かれなかったのは、皇位を奪うつもりがないという意思を示すためだと聞いたことがあります」

「そうだ。結婚できなかったのも同じ理由だ。せめてエグバートがしっかりとした妃を迎え入れ、彼の皇太子としての地位が揺るぎないものとなってからにしたかった。だが、そういう配慮が全部、エグバートを傷つけていたんだろうな」

ギディオンは二十七歳。元皇太子エグバートは現在二十二歳で、二人の年齢差は五つだ。そのくらいの歳の差であれば、きっと皇位継承権を持つ者同士、比べられることもあっただろう。けれど成長著しい十代、二十代という年頃で、年上の相手より強く優秀であると証明するのは難しい。

叔父の背中を追い続けるエグバートは、劣等感に苛《さいな》まれたはずだ。

さらにその叔父が、皇位継承問題を生み出さないように、故意に手を抜いて地味な生き方を選択した。

いがみ合う関係ではないからこそ、元皇太子にとってその事実が受け入れがたいという状況は、マーシャにもほんの少しだけ想像できた。

「私と出会った二年前は、ギディオン様がエグバート殿下のためにあえて公務をされていなかった頃だったのですね？」

「ああ。正直仕事をしないと罪悪感を覚えるんだが、あの頃は仕方がなかった。臣の中には皇族同士の争いを望む者もいる。選択を間違え、内戦になるくらいならば怠惰な生活を送るほうがましだ」

怠惰な生活と彼は言うが、実際には図書館に通ってさらなる知識を蓄《たくわ》えようとしていたのだから、ギディオンはどこまでも真面目な人だった。

「難しい立場でいらっしゃった皇弟殿下ならば、正体を教えてくださらなかったのも納得です」

「最初に会った日に正体を告げられなかったのはお忍びだったからだ。だが、信頼している相手に隠し続けるほどの理由はなかったよ」

それは一緒に過ごすあいだにマーシャを信頼するようになっていたという意味だ。

「だったらなぜ、最後まで打ち明けてくださらなかったのですか?」

「君との関係が心地よかったから。マーシャはきっと私が正体を明かしたら遠慮するようになって、やがては離れていってしまうだろうから。……どうか、許してくれ」

謝罪の言葉だというのに、耳元でささやくせいでやたらと甘ったるい。

確かに彼が皇族だと知っていたら、マーシャはそれまでと同じように、彼に話しかけることはできなかっただろう。

理解はできるし、マーシャのほうから詮索はしないという態度を取っていたのだから、怒りは湧いてこなかった。

ただ、わざと吐息を相手の耳に吹きかける行動は、謝罪する者としてふさわしくない。

「は……反省、しているんですか?　本当に……」

「どうだろう?」

今度はこめかみのあたりにキスをした。悪いと思っていないのが丸わかりだ。

「ギディオン様というお名前は偽りではなかったんですから、それだけで十分です。だ、だから……話の続きを……！」

マーシャはどうにかギディオンから逃れようとした。すると彼はギュッと細い腰に手を回してマーシャを拘束した。

「ありがとう。それでここからが本題だが、私は君を皇妃として迎え入れたいと思っているんだ」

「……無理です！」

皇帝がそろそろ妃を選ぶという噂はあったが、マーシャにとっては遠い世界の話だ。ギディオンが皇帝その人だったと知っても、急に妃になりたいとは思えない。

それに、義母や義姉の性格を考えると、サフィーク伯爵家の娘が妃にふさわしいはずもなかった。

「……迷わず即答しないでくれ。そうでなくとも、君にはすでに婚約者がいると聞かされてしばらく落ち込んでいたんだから」

「婚約者？」

夜の庭園でも、彼はそんな言葉を口にしていた。

決めつけるような言い方だったため、マーシャは年齢的に婚約者がいて当然だという意味だと勘違いし、怒りのあまり酷《ひど》い態度を取ってしまった。

「本当は婚約者なんていないのだろう？　……だが、サフィーク伯爵家に人を遣《や》って君のご家族に打診したら、内々に婚約が決まっているという理由で断られたんだ」

「そんな！」

マーシャにとっては寝耳に水の話だった。

妃となるかどうかはともかく、皇帝からの正式な要請を嘘の理由で断るなんて不敬にもほどがある。

「私は、……君に婚約者がいるのだとしても、正体を隠していた件について直接会って謝罪するつもりだった。だから私の署名が入った舞踏会の招待状を送り、私が声をかける可能性を侍従を通して事前に伝えていた。それなのに君は会場にいなかった。……なぜか同伴を許可しただけの君の家族はいたが……」

昨晩サンドラは、皇帝の侍従が舞踏会への招待状を持ってきたと得意げに語っていた。

あれは伯爵家ではなく、マーシャ個人へのお誘いだったのだ。招待されていたマーシャがいないと城へは入れないから仕方なく連れてきて、入城したあとは用済みだからメガネを投げて参加を阻止したという状況に違いない。

今朝、サンドラが舞踏会で皇帝に会ったかどうかを気にしていた理由も、それならばわかりやすい。

（お母様が急に私の結婚なんて言い出したのも、このせい……？）

ジェナは今までサンドラの結婚相手選びに必死だった。マーシャについてはできるだけ長いあいだ領地の管理をさせるため、そして持参金などの金を出したくないために相手を見つけようなどとは考えていなかったはずだ。

弟が成人するまでそばにいたいマーシャと、義母の利害は一致しているから、互いに結婚の話はせずにいた。

今朝になって突然、マーシャの結婚に言及したのは皇帝についた嘘を本当にするためだったのかもしれない。

「君の母君いわく、城内にはいるが社交が大嫌いな変わった子だから逃げてしまった、と。代わりになぜか姉君を紹介されたよ」

ギディオンは苦笑いを浮かべた。

「それは……、大変失礼いたしました」

事前に打診があったのなら、マーシャはわかりやすい場所にいて、皇帝からの声かけを待たなければならなかった。

マーシャ及びサフィーク伯爵家は、皇帝に対し無礼な行動をしたことになる。

「君のせいではないとわかっている。私の知っているマーシャは華やかな舞踏会よりも読書を好む女性ではあったが、皇帝からの誘いを無視するほど愚かではないからな」

「それで私を探してくださったのですか？　それなのに私……」

確かに義母のせいで皇帝に対し不敬を働いてしまったが、庭園での出来事は完全にマーシャ個人の問題であり、言い訳ができなかった。

「君と会わなくなって一年半。たったそれだけの歳月で私の顔と声を忘れてしまうとは。正直、かなり傷ついた」

「ごめんなさい。……ですがっ！　最近、以前よりも視力が落ちてしまっただけで、メガネをしていたらすぐにわかったはずなんです」

「だったら、君はもう永遠に私から目を逸《そ》らさずにいるべきだ」

片手は腰に回されたまま、もう片方の手がマーシャの顎に触れた。

今はメガネをかけているから、彼の瞳の色も、凛々しい眉も、スッと通った鼻筋もよく見える。十六歳のときに恋をした相手と、髪の長さ以外はあまり変わっていない。

人の顔をまじまじと見つめるのも、相手に見つめられるのも、マーシャは苦手だった。そろそろ終わりにしてくれないと、心臓の音がうるさすぎてどうにかなってしまいそうだ。

「ギディオン様はどうして意地悪ばかりなのですか？」

以前のギディオンはもっと真面目で優しかったはずだ。

「君が私を拒絶するからだ。……前はなにをしても嫌がらなかったじゃないか。だが、そうまで言うのなら、君の好むことをしてやろう」

「私の好む……？」

「キスは好きだったはず」

顎に軽く手を添えられただけなのに、マーシャは彼から目を逸らせない。

「……と、図書館のときと、つい先ほどと……。人生でまだ二回しか経験がないのに、好きかどうかなんてわかりません」

「以前のあれは一回だったか？」

東屋で賄賂の要求をほのめかした役人を撃退してもらったお礼として、マーシャは彼にキスをした。何度も角度や交わる深さを変えて、なにも考えられなくなるほど夢中になったあの行為を「一回」と数えるのはおかしいのかもしれない。

マーシャは顔を真っ赤にして、ギディオンの唇の感覚を思い出していた。

「も……もう……知らない」

「今日が二回目。……ならば私以外の誰にも触れさせていなかったんだな……？」

最初から近い距離だったのに、ギディオンはもっと顔を寄せてくる。このままじっとしていたら唇が重なるはずだ。

「ま、待ってくださ……、んっ！」

この状況は二人にとってよくないのではないかという不安が払拭《ふっしょく》できない。だからマーシャは彼とのキスを拒もうとした。けれどその前にギディオンがマーシャを強く引き寄せて強引に唇を押し当ててきた。

心も身体の感覚も、すべてギディオンが与えてくれるものだけに支配され、自我が保てなくなりそうだった。

容赦なく柔い舌が口内を侵してくる。頬の裏側も、歯列も、口の中はすべて敏感だった。

もっとされたいのに、なにか足りない、まだこの先があるような心地よさでおかしくなってしまいそうだった。

「……ふぁっ」

マーシャは抗えず、そっと舌を突き出してさらなる刺激を求めた。身体が熱くて、息が苦しい。こんなことをしたらさらに苦しくなるとわかっているのに止められない。

やがて腰に力が入らなくなる。いつのまにか柔らかいクッションの置かれた座面に背中を預けていた。たくましい身体つきのギディオンが覆《おお》い被《かぶ》さってキスを続けるから、もう逃れる方法はどこにもない。

しばらく夢中になってキスを続けていると、わずかに唇が離れた。

物足りなさを感じたのは一瞬だった。今度は耳たぶが口に含まれ、今までに感じたことのない刺激が生まれた。

「ひゃっ、あぁ……くすぐったいです……だめ……」

「マーシャ……。私の妻になるのは嫌じゃないはずだ……そうだな？」

舌で耳のかたちを丁寧になぞりながら、ギディオンが低い声でささやいた。

「わからない、です。だって……ずっと考えないように……して……あ、——んっ！」

急に耳がかじられた。痛くはないが驚いて、身体がびくりと跳ねてしまう。

質問をしたのはギディオンのほうだというのに、最後まで言わせてもらえない。都合の悪い返事をすると、彼はそうやってマーシャを説得するのだ。

キスだけでこんなに感じているのだから、私のことが好きなんだろう——そういう主張に思えた。

「甥《おい》とは違い、真実の愛のために生きるのは難しい。……だが、想う相手がたまたま皇妃になれるくらいの身分で、人格的にも問題ないのなら望んでもいいと思うのだが？　私は今まで国のためになにもかもを犠牲にしてきたのだから、それくらい当然だ」

感情を吐露しながらも、彼はマーシャへのいたずらをやめてくれない。

「私が……皇帝陛下の妃になるなんて、恐れ多くて。んっ、……話をするなら、キスは……嫌なの……ぁっ」

耳や首筋に舌が這《は》うところこそばゆさでじっとしていられなかった。

「伯爵令嬢で、動機はどうであれ知識が豊富だ。正義感も強いし、幼い弟君に代わって領地を守っている。……素晴らしい女性じゃないか」

「でも！」

新皇帝の治世を強固なものにするために、支えとなれる名門貴族の令嬢がいくらでもいる。

サフィーク伯爵家は貴族としてはとくに抜きん出たところがなく、ギディオンに大した利益をもたらす家ではない。さらに、義母と義姉の存在も心配だ。

確かにマーシャが彼の妃になることは不可能ではないが、条件だけで考えれば最善の選択とはならないだろう。

「皇妃の役割などつらいだけでつまらないと思う。生まれたときから皇族をやっている私が言うのだから間違いない。君に負担をかけるとわかっているが、マーシャでなければ私が耐えられない」

不埒《ふらち》な行動ばかりだが、真摯なまなざしに嘘はない。

「……あぁ、もう……ずるいです……！　ずるい……」

男が弱い部分を見せるのは、女性を落とすためのテクニックだと以前読んだ本に書いてあった。恋愛に疎かったマーシャは、男性は常に強いほうがいいに決まっていると単純に考えていたため、その意味が理解できなかった。

今になって、弱い部分をさらけ出す男性の言葉や態度に心を揺さぶられる状況がわかった。

マーシャは彼の願いならなんでも叶えてあげたいのだ。

「君の心の中にもう私がいないのなら、あきらめた。……だがそうではないだろう？　それ以外の理由では絶対に君を離さない」

皇妃など恐れ多い、サフィーク伯爵家は皇族と縁続きになるのにふさわしくない――そんな理由では彼の考えを変えられない。

マーシャも自分の気持ちを偽りたくなかった。

「私は、ギディオン様をずっと想っていました」

それを認めたら、求婚を受け入れたのと同義になる。

「私もだ……。なにもかも思い通りにならない日々の中で、唯一の安らぎが君だった」

最後に軽いキスをして、ようやくギディオンはマーシャを解放してくれた。

彼が立ち上がったので、マーシャはグシャグシャになったドレスの裾を整えながら、ソファに座ろうとした。

けれど、その前にギディオンがマーシャを抱き上げ、歩きだす。

「ギディオン様？　どちらへ」

「初めてが窮屈なソファっていうのはどうかと思うから」

「……は？」

いったいなにが「初めて」なのかを確認するより早く、ギディオンは続き部屋へ移動してしまう。そこには天蓋《てんがい》付きの大きなベッドがあった。

「君を、今すぐ私のものにする」

ゆっくりとベッドに下ろされた。

「なっ、……だめです！　絶対にだめ……。だってまだ結婚していません」

マーシャの価値観では、愛する人に純潔を捧げるのは初夜だ。

昨今、この国ではそこまで処女性が求められることはなく、貴族の女性であっても婚前に恋人と愛を確かめ合う行為をする者は多い。

彼女自身、あの夏の日にギディオンから求められていたらきっと拒まなかった。最後の思い出として一度だけ結ばれたいとすら願っていた。

けれど、二人の想いが一緒なら、焦る必要はないはずだ。

「マーシャは大抵、君自身よりほかの者を優先してしまうだろう？　……だからこそまったく信用できない」

ギディオンがベッドに上がってくる。

心の準備が一切できていないマーシャは、座ったまま後ずさった。けれど見知らぬ場所では逃げ場がない。

「将来を誓い合ったのに、信用できないってどういう……？」

「君は一度だって私の本名や身分を問わなかった。キスをしたときだって恋人になろうとは考えず、むしろそれきり図書館へ来なくなった。そういうところが愛《いと》おしいが、同時に信用できないんだ」

ギディオンの不利益になるくらいなら身を引いて、すぐにあきらめてしまう性格が信用できないということなのだろうか。

思い当たるふしのあるマーシャは言い返せなかった。

「君をどこへもやらないために必要なんだ……。皇帝に子種を注がれたら、もう許可なく城から出られない」

ギディオンは再会してからずっと強引で、どこか急いている。

ただ、無責任にマーシャの純潔を奪おうとしているのではないとわかるから、本気の拒絶が難しかった。

彼は本当に、マーシャを逃さないために抱くつもりなのだ。

マーシャが知っていたのは皇位継承争いを起こさないことだけを考えて、必死に己を律していた頃の彼だ。

今の強引な青年こそが本来の姿なのだろう。

マーシャの身体から無駄な力が抜けていった。

「ギディオン様……」

初恋の人から求められている。それが嬉《うれ》しくて、二人一緒にいられるのなら、もうこの先なにが起きてもかまわないと思えた。

「それでいい」

ギディオンが強くマーシャの肩を押した。柔らかいベッドが受け止めてくれるから痛くはない。

「私、私も……ギディオン様と結ばれたいの……」

両腕を伸ばし、マーシャは早く抱きしめてほしいとこいねがう。急いているのはギディオンだけではなかった。マーシャも、もう会えないと思っていた人に求められて、この夢のような出来事が現実だという実感をもっと味わいたかった。

再びのキスから、初めての行為が始まった。

ほんの少しの経験で、マーシャはもうキスの味を覚えはじめていた。

作法や恥じらいなど捨てて、貪欲に、食べられてしまうような不安を抱くほど滅茶苦茶にされるのが心地よいのだ。マーシャはギディオンの背中を必死に掴みながら引き寄せて、もっとほしいと態度で伝えた。

キスが激しくなると、時々ギディオンにメガネがあたるようになる。

「壊れたら大変だ。……はずしてもこの距離なら見えるだろう？」

ギディオンはマーシャからメガネを奪い、そっと畳んでからサイドテーブルに置いた。

鼻先が触れる距離に彼がいてくれたら、確かに彼の知的な印象の顔も、熱のこもった表情もはっきり見える。

「瞳の色……吸い込まれそうだな。最初に惹《ひ》かれたのはこの綺麗な青かもしれない」

そう言って、ギディオンは目の近くにキスをした。

同時に、ドレスが乱されていく。彼は器用な手つきで布地を取り払う。胸元がはだけて肌着までずらされた。

「や……、だめっ！」

胸の膨らみどころか色づいた先端まであらわになった。マーシャは驚いて見られたくない場所を手で覆い隠そうとした。

「君は博識だから、男女が愛し合うときに裸になることくらい知っているだろう？」

ギディオンがマーシャの手首を握り、隠していた胸から無理矢理引き剥《は》がす。そのままベッドに縫い付けるように拘束した。

「あ……っ、でも……恥ずかしくて……」

以前マーシャはどんな本を読んでいるかギディオンによく語っていた。ギディオンもマーシャが好きな本をいくつか読んでいて、互いに感想を言い合う関係だった。

物語の中では、時々男女が結ばれるシーンが抽象的な表現ではあるが、描かれる。

それにマーシャの興味はあらゆる方向に向けられているから、深窓の令嬢とは違い医学的な知識として性交渉や子供ができる仕組みについてはわかっているつもりだった。

本当になにもかもが初めてだというのに、知的好奇心のせいで恥じらう権利すら与えられていない。

「……はっ、うぅ」

ギディオンの大きな手が片方の胸を包み込み、ゆっくりとこね回すような動きで触れてくる。

じっとしていられないほどくすぐったく、胸の頂《いただき》がビリビリと痺れる。

ギディオンは満足そうに笑い、胸への愛撫《あいぶ》をそのままにしながら首筋に顔を寄せてきた。

「どんな感じだろうか？」

ギディオンの声は低く心地よい。耳のすぐ近くでの問いかけはマーシャを支配する力があるみたいだった。

彼の声を聞いているだけで身体が熱くなり、従順になってしまう。

「くすぐったいの……。自分でさわってもこんなふうに……あぁっ！」

「耳まで真っ赤だ」

「……ギディオン様の声が……んっ」

「声がどうかしたのか？」

「ゾワゾワして、お腹のあたりがキュンとなるんです。……変なの……」

本の読みすぎで視力が悪いことと関係しているのかは定かではないが、マーシャは人の声や物音に敏感だった。

歩くときは人にぶつからないように耳を澄まし、挨拶をしてくれた人をジッと睨《にら》まなくていいように声でその人が誰かを判別している。

ギディオンの声は好きなのに、今日はなぜか落ち着かない。聞いているだけで涙がこぼれそうになり、下腹部に違和感があった。

「それは、私の声が好きってことだろうな」

「ふっ、……あぁ、また……変になる」

胸への愛撫と声のせいで、じんわりと涙がにじんだ。嫌ではないのに身体がどんどんと敏感になって、自分では制御できなくなりそうだった。

ギディオンは乱れていたドレスと肌着を奪い取り、マーシャをドロワーズ一枚だけの姿にする。それから自らもシャツを脱いで、上半身をあらわにした。

少しでも離れると、ギディオンの姿がぼやけてしまう。それでもギディオンが、女性とは違うたくましい体つきをしているのだとなんとなく察する。

凝視したら恥ずかしくなってしまうだろうから、メガネをはずしているのは幸いかもしれない。

「マーシャ、少し痕《あと》を残してもいいか？」

「痕？　……あっ、ひゃぁ！」

了承する前に、覆い被さってきたギディオンが柔らかい胸をきつく吸い上げた。

わずかに痛みを感じ、マーシャは自分の胸元を確認する。そこはほんのり赤く色づいていて、唇が離れたあとも痺れている。

「こうやって愛し合った証を刻んで、誰にも見せられない身体にしてやる」

それから首筋や鎖骨、肩や背中にまでギディオンは執拗《しつよう》にキスを降らせ、赤い印を残した。

「んっ、んんっ、……痛いのに……なんで、もっと……ほしい」

気持ちがいいのと、くすぐったいのと、わずかな痛みが混ざり合ってマーシャは混乱していた。強い刺激が与えられるたびに、つま先に力が入りビクンと震えてしまう。

「ここは？」

次にギディオンが触れたのは胸の頂だった。

「あっ、あぁっ！」

片方の頂が口の中で転がされ、もう片方は指先で弾《はじ》かれた。先ほどまでとは違う心地よさに身悶《みもだ》えて、背中が仰《の》け反《ぞ》った。

マーシャはギディオンに抱きつきながらその行為を受け入れていった。

胸の頂は硬くなり、ツンと立ち上がっている。それをギディオンが交互に口に含み、味わっている。もしはっきり見えていたら、羞恥心でどうにかなってしまっただろう。

「あ……あぁ、……ギディオン様、なんだかせつないの……」

こんなにも心地よいのに、なにか満たされないもどかしさがマーシャを苛んでいる。男女の睦《むつ》み合いに関する知識を持っていると思っていたのはきっとマーシャの勘違いだ。

医学書にも、物語にも、この行為でどれだけ人の感情が揺さぶられるかなど書かれていない。

「どこがせつないんだろうか？」

これから繋がる場所が疼《うず》くのだという自覚がマーシャにはしっかりあった。

けれど言葉でなんと言えばいいのかわからず、マーシャは絶望した。再会してからのギディオンは昔より意地悪になっている。

「ギディオン様……、あのっ、私……」

「わかっている、大丈夫だから」

ギディオンが少し身を起こし、ドロワーズに手をかけて容赦なくそれを取り払う。それから片膝を捕らえ、グッと脚を開かせた。

一人で入浴をする年齢になってから、誰にも見せたことのない場所が彼の目の前に晒《さら》されている。

見せなければ繋がれないとわかっているから抵抗はできない。それでも、マーシャの恥ずかしさは限界を超えてしまった。

「……や、嫌なの……ギディオン様、目を閉じて……見ないで……」

「君は本当に可愛らしいな」

マーシャが脚を閉じようとすると、強い力で阻まれる。見ないでとお願いしたのに、むしろ顔を近づけてくる。

「濡《ぬ》れている。だが、痛まないようにほぐす必要があるから、しばらくいい子にしていなさい」

ギディオンがマーシャの脚のあいだに割って入る。内ももに軽くキスをしてから、秘めたる場所に手を伸ばす。

恥肉をそっと開き、指が一本花園に入り込む。

そこはマーシャ自身にも自覚がなかったのにしっとりと濡れていて、ギディオンが入り口のあたりを刺激するたびに水音が響《ひび》いた。

「ふっ、……はぁ、あぁん」

身体の内側など、マーシャですら触れたことがない。ほんの浅い部分だけでも繊細で敏感すぎる内壁をまさぐられると、恐怖が募る。

マーシャの身が強《こわ》ばるたび、ギディオンは膝のあたりにキスをして、安心させようとしてくれた。

「ここから、君にできるのは力を抜いていることだけだ」

マーシャはどうにか頷くが、身体は彼の言葉に反発してしまう。まだ触れられていない場所に指が到達するたびに大げさに反応し、彼を困らせた。

膝から始まったギディオンのキスがどんどんと付け根のほうへと移動してくる。そして彼は、予告なく股ぐらに顔を埋めた。

「だ……だめ……！　どうして⁉　離して……あぁっ、あぁ……いやぁぁっ！」

ギディオンの舌が慎ましい花びらをねっとりと舐《な》めあげる。

彼がどうしてそんなことをするのか理解ができず、マーシャは必死に抵抗をした。足をばたつかせ逃げようとしたが、急に雷が落ちたかのような衝撃に貫《つらぬ》かれ、動けなくなった。

「あっ、あぁぁっ……なに？　そこ、触られると……変になりそう……怖いっ、ギディオン様……！　おかしくなる」

ギディオンがついばんでいる場所から、わかりやすい快楽が生まれている。

花芽から得られる快楽はキスをしたり胸に触れられたときの心地よさとはまったくの別ものだった。チュッ、チュッ、と吸われると硬くなり、熱を持つ。敏感すぎて触れられるのが怖かった。

ギディオンはなにも答えてくれず、そのまま花芽を愛し続けた。

マーシャは彼の髪をグシャグシャに乱しながら、何度も身体をヒクつかせてひっきりなしに生まれてくる過度な快楽をやり過ごす。

「はぁっ、はぁ……、あっ！　そこ触るの……もう、だめぇ……」

肌が上気して、呼吸が荒い。お腹の中が熱くて、ぬるついた蜜が花園から溢《あふ》れているのを自覚した。一定のリズムで舌が花芽の上を蠢《うごめ》いている。

生まれて初めての経験でも、なにかいけないものが込み上げてくるのは十分すぎるほど自覚していた。

「ギディオンさ、ま……だめなの、もう……おかしくなって……あぁっ、」

ズブリ、と指が一本、奥まで突き立てられた。

ひっきりなしに溢れてくる蜜のおかげで異物感はない。花芽で得る快楽に頭の中が支配されて、ほかはどうでもよくなっていた。

花芽を愛撫されながら、膣《ちつ》の中を指でまさぐられると、もうこれ以上は耐えられないと思っていた妙な感覚にはまだ先があるのだと思い知らされる。

「来ちゃう……なにか、……あぁっ、ギディオン様……、ギディオン……！」

唯一マーシャを救える存在は彼だけだというのに、その彼がマーシャを追い詰めているのだ。

気がついたときには頭の中でなにかが弾けていた。

「あぁぁぁぁ！」

息もできなくなりそうな激流が押し寄せて、マーシャを滅茶苦茶にした。

膣が収斂《しゅうれん》して、中にとどまっている指の太さがよくわかるようになる。

「すごいな……、初めてでもちゃんと感じている。こんなに可愛らしく反応して……達ってしまったんだ……」

ジュブ、ジュブ、と卑猥《ひわい》な水音が鳴り響く。

「あぁっ、指……動かさないで……！　もう、だめ……止まらないの……」

指の動きのせいで、いつまでも波が引いてくれない。息苦しさと快楽が同時に与えられて、もうなにも考えられなかった。

それでもマーシャは懸命に呼吸をして必死に平静を取り戻そうとした。

「早く慣れてくれないと繋がれないだろう？」

「でも、こんなの……耐えられないの、壊れちゃう。初めては痛いって、聞いていたのに」

抽象的な描写から想像していた男女の睦み合いは、もっと美しいものだった。

こんなに一方的で、人から理性を奪い、獣に堕《お》とす行為だなんてどこにも書いていなかった。

「痛みを抑えるために必要だからやっているんだ。いい子にしていろと言っただろう？　もう少し……」

今度は指が二本入り込んで、内壁をほぐしはじめた。

初めての絶頂を経験したマーシャの身体は、驚くほど敏感になっていて、すぐにまたあの昇り詰める予兆が始まる。

「あ……んっ。もう……気持ちよすぎて……だめになって……」

「それでいい。愛している者に触れられたら、そうなるのが当たり前なんだから」

ギディオンがそう言うのなら、きっと間違っていないのだろう。

それから二度――合計三度気をやるまで、どれだけ限界を訴えても彼は手技をやめてくれなかった。

ようやく解放されると、マーシャはくたりとベッドに沈み込み、ぼやけた視界でギディオンを見ていた。トラウザーズを脱ぎ捨てて、彼も一糸まとわぬ姿となる。

下腹部には重力に逆らいいきり立つ剛直があった。

男性の生殖器は興奮すると膨張するのだと知っていたマーシャだが、ぼやけた視界でも恐怖を覚える質量だ。

そもそもマーシャは、成人男性のその部分を実際に目にした経験がない。

凶器のようなそれに恐れをなして、逃げたい衝動に駆られる。けれど、彼がどれだけ丁寧に、時間をかけてマーシャの身体をほぐそうとしてくれたのかも理解していたため、拒絶もしたくなかった。

「ギディオン様……、来てほしいです……早く、繋がってしまいたいの」

身を寄せてきた彼に抱きついて、ギュッと目をつむる。背中に回した手がどうしても震えてしまう。

「こんなに震えて。君の強がりは愛おしいな」

「違いま……ぁっ！」

蜜口に男根があてがわれた。クチュリ、という音と一緒に先のほうがわずかに入り込んでくる。痛くはないが圧迫感が酷く、マーシャの瞳から涙がこぼれた。

「できるだけ優しくするから」

ギディオンは目尻にキスをしてから耳元でささやいた。彼の声を聞いているだけで身体がとろんと溶けて、自然に力が抜けていく。

みちみちと隘路《あいろ》を押し広げられるとさすがに痛かったが、耐えられないほどではなかった。

「……あっ、ギディオン様……」

ギディオンが少し苦しそうにしながら、短く何度も息を吐き、やがてマーシャの深い場所までたどり着いた。

「大丈夫か？」

「は……い。……嬉しいの……。もう会えないとあきらめていたのに……。これからは離れなくてもいいって思ったら……」

「私も……。君を望んではいけないと思っていた。……今後は一切自重しないから」

再会して間もないのに、彼が以前とは違うのだと何度も思い知らされた。

それは嫌な変化ではなく、マーシャが愛されているのだと強く実感できるものだった。

「少し、動いてもいいだろうか？」

動く、というのがどんなものなのかマーシャはよくわからない。けれどギディオンが必要だと考えているのなら、本当にそうなのだろう。

ゆっくりと頷いて、マーシャは彼を肯定する。

せっかく深くまで受け入れたのに、ギディオンが繋がりを浅くして、ゆるゆると腰を前後に動かしはじめた。

「あ……っ、ひっ、……あぁ、痛ぃ……いた……ぃ……」

じっととどまっているだけならば耐えられるのに、抜き差しを繰り返されると傷口をこすられるような痛みがあった。

実際、純潔を奪われたのだから傷があるのかもしれない。

「すまない、……ほら、……せめて力を抜いていなさい」

「あぁっ、……声……」

「好きなんだろう？　……可愛いマーシャ……」

唇が耳たぶに触れる距離でギディオンに名前を呼ばれると、マーシャの注意は自然とそちらへ向かう。

「ん……、ん……あぁ」

蠢《うごめ》く男根にはまだ慣れないが、ほかの刺激に気が逸れて、痛みは和らいでいく。

ギディオンはマーシャを労《いたわ》りながら少しずつ進めようとしてくれていた。マーシャの顔が恐怖で歪《ゆが》んだら、そのたびにキスをして、宥《なだ》めながら徐々に激しい抽送になっていく。

「ふっ、あぁぁ……あ、……ん」

奥を穿《うが》たれるたびに痛みとは別の感覚も生まれていく。

壊れてしまいそうで怖いのに、もう一度そこに触れてほしくてせつなくなる。

「ここ、か？　……声が甘くなってきた」

「ううっ、……苦しいのに、もっと……って……あぁっ、ん」

ギディオンはマーシャの些《さ》細《さい》な変化も見逃さない。どこがよいかを的確に探し当て、そこばかりを責め立てた。

まだはっきりとした快楽は得られないけれど、花芽で得ていたものに似通ったなにかが身体の奥のほうに生まれているのはわかった。

「はぁ……、はぁっ、ギディオン、さま……うぅっ」

たった一度の行為で、彼によって身体を造り変えられてしまったのではないかと疑いたくなるくらい、マーシャのすべてがギディオンの思うままになっていく。

「あぁ、酷くしてしまいたい……っ」

うっすらと額に汗をにじませて、こんなに余裕のない彼を見るのは初めてだった。彼に懇願されたら、マーシャは頷くしかないというのに。

「酷くして……もっと、滅茶苦茶に……あ、あぁ！」

ギディオンが半身を起こしてマーシャの脚を抱え直す。強引に膝を曲げさせて、限界まで脚を開く格好だ。

「マーシャ」

愛おしそうに名を呼んだのは、最後通告みたいだった。マーシャはコクコクと頷いて、それでもやめてほしくないという意思を示した。

「あぁぁっ！」

竿《さお》がギリギリまで引き抜かれた次の瞬間、もう最奥にたどり着く。息ができなくなるほどの衝撃がひっきりなしに訪れた。

先ほどまでと交わる角度が違うだけで、異なる場所に強い刺激を感じた。苦しいけれど、ギディオンが欲望をぶつけてくるのが嬉しい。だからマーシャは「やめて」と言いそうになるのをこらえ、シーツを強く掴んで耐えた。

「……あぁ、もう達してしまいそうだ」

再び身体が密着する体勢になった。見つめ合い、手を絡めながら二人で高みを目指す。

「私も……私も……っ、……また来ちゃいそう……」

激しい腰の動きのせいで、痛覚は麻痺《まひ》してしまったのだろうか。もう彼がしてくれるすべてが気持ちよくて、なにも考えられなかった。

「いいよ……。ほら、達《い》ってしまえ……」

大好きな人の声は魔法のようだった。

その言葉を聞いた直後、箍《たが》がはずれたかのように圧倒的な快楽が弾けて、マーシャの全身を駆け巡った。

「あぁっ、あぁ！」

「……クッ、持っていかれるっ」

打擲音《ちょうちゃく》と二人の荒い呼吸が室内に響く。マーシャは絶頂の最中、ギディオンのほとばしりを受け入れた。

「ギディオン様、……あぁ、ギュッてして……」

彼の男根はまだマーシャの中にとどまり、時々脈打っている。

すぐに願いは叶えられ、ギディオンはマーシャを抱きしめたままシーツに沈み込んだ。

彼もまだ呼吸は荒いままだ。顔を埋めると、たくましい胸が上下に動いているのがわかった。

心臓の音も大きくて、交わりの激しさを物語っている。

「これで、君は私のものだ。……それから、私の私的な部分はすべて君のものだ」

「はい、ギディオン様」

まだ昼間だというのに、回された大きな手がゆっくりと背中を撫《な》でてくれるから、心地よくてだんだん眠くなっていった。

手に入らないとあきらめていた幸福が突然やってきた。

彼に抱きしめられたまま、ウトウトしているこのひとときのほうが夢で、目が覚めたらすべて消えてしまったらどうしようか。

(どうか目が覚めても、ギディオン様が私の隣にいてくださいますように)

そんなことを願いながら、マーシャは睡魔に抗《あらが》えず眠りについた。

第三章　未来の皇妃

激しい交わりによる疲労のせいで眠ってしまったマーシャが目を覚ましたとき、残念ながらギディオンはいなかった。

即位したばかりの皇帝は多忙なのだ。眠る直前、マーシャは目が覚めても彼のぬくもりに包まれていたいなどとつい思ってしまったのだが、それは欲張りだった。

幸いにも、彼がいないことで寂しさを感じる余裕などマーシャには与えられなかった。

見計らったように女官がやってきて、湯の用意をしてくれたのだ。

マーシャは女官に手伝ってもらい、この日二度目の入浴をしたのだが……。

(痣《あざ》が消えないなんて聞いていません！　それに多すぎます……)

自分の身体に愛し合った証が大量に刻まれているとマーシャが知ったのは、ドレスを選ぶためにに鏡の前に立ったときだった。

女官たちはにこやかな笑みを浮かべて、やたらと肌の露出が少ないドレスを勧めてくる。

指摘されたらきっと羞恥心で泣いてしまったに違いない。けれどあきらかにわかっているのに、見て見ぬふりをされる状況も恥ずかしいものだ。

冷静に考えれば強く吸いつかれて鬱血《うっけつ》したあとなのだから、すぐに消えないのは当たり前だった。

ドレスは、最初に着せられたものとは違い、シンプルなものだった。

締めつけが少ないゆったりとしたシルエットで、貴族の女性が家の中で過ごすときによく選ばれるデザインだ。

これは、マーシャの扱いが客人ではなく、城の住人となったことを示していた。

皇帝の子を宿す可能性があるマーシャは今後、そう簡単に城の外へは出られなくなる。

（でも……伯爵邸にはウォルトが……）

突然の再会と求婚で、マーシャも舞い上がっていたのだろう。冷静になって最初に考えたのが実弟のことだった。

伯爵であるウォルトになにかあれば後見人の義母が責任を問われる。だからウォルトの安全は保証されているが、心はどうだろうか。

父の死の直後、ジェナは自分たちが将来追い出されないようにとウォルトを懐柔《かいじゅう》するつもりだった。ウォルトは利発だから、どんなに甘やかされても、高価なものを買い漁る義理の家族に好意を持たなかった。

頑《かたく》なにジェナを「母」とは呼ばないことから考えても、マーシャよりよほど反抗的だ。

だからこそ、マーシャは弟が心配だった。

（ギディオン様に相談してみましょう）

伯爵家のことでギディオンを煩わせるのは気が引けるのだが、マーシャが妃になるのならば無関係ではいられない。

大事になる前に対策を練ったほうがいいだろう。

着替えが終わると女官の一人が城内を案内してくれた。見て回ったのはヴァンスレット城内でも、皇族の私邸にあたる部分だった。

「皇帝陛下の寝室、書斎、……私的なお客様をお招きするサロンが三つ、撞球室《どうきゅう》もございます。それから、こちらのお部屋は空き部屋ですが、しばらくはマーシャ様のための舞踏室として使用いたします」

「舞踏室ですか？」

「はい。陛下のご命令で、マーシャ様のためにご用意させていただきました」

扉を開けると、広々とした空間に、窓からたっぷりの光が差し込んでいた。壁や柱、天井の装飾まで豪華で、マーシャ一人のためだけに使うのはもったいないにもほどがある。

「なぜ私のためなのでしょうか？　私、ダンスはあまり得意ではないですし、好きでもありません」

ギディオンならばマーシャの趣味も苦手なものも把握しているはずだった。趣味のための部屋を用意してくれるのなら、舞踏室ではなく図書室でなければ変だ。

マーシャはギディオンの意図がわからず首を傾げる。

「だからこそ、ですわ。マーシャ様にはこれから未来の皇妃様に必要な知識や礼儀作法、教養などを身につけていただく予定です」

女官は、今日会ったばかりのマーシャに対し親切な物腰の柔らかい女性だ。けれど、優しそうな笑顔の裏になにか威圧感のようなものを隠している気がするのはマーシャの気のせいだろうか。

「教養……？」

「ええ。マーシャ様は大変勤勉なお方だと陛下よりうかがっております。……ですが、身体を動かすことを苦手になさっているとか……？」

女官の目が細められた。苦手なダンスから逃げられない、絶対に逃がさない――そんな圧を感じ、マーシャはたじろぐ。

「な……、なるほど、納得いたしました。……本当にギディオン様は私をよくご存じのようです」

ギディオンと一緒にいるためには、貴婦人の教養の一つであるダンスからは逃れられないのだとマーシャは正しく理解した。

その後、城で過ごすにあたっての注意事項などの説明を受けたあと、再びギディオンに会えたのは晩餐《ばんさん》の席だった。

「体調は大丈夫か？」

「はい……。疲労で脚が突っ張るような感覚がしますが元気です」

何度も身体を痙攣《けいれん》させて無駄に筋力を使ってしまったせいで、ふくらはぎや腕が痛かった。

それに彼を受け入れていた部分にも多少の違和感があるのだが、体調はいい。

「マーシャは運動音痴で体力がないからな。昨晩も私が支えなかったら盛大に転んでいただろうし」

「あれはメガネがなかったからです」

舞踏会の夜、庭園で転びそうになったのは、メガネなしの状態で慎重に歩かなかったから段差を見落としただけだ。

「そうか……。フッ」

信じていないのが丸わかりの笑みが憎らしくて、マーシャは頬を膨らませる。

ちょうどそのとき、前菜が運ばれてきて晩餐が始まった。

食事中に騒がしくするのはマナー違反だから、マーシャはそれ以上意地になって反論できず、黙って前菜をいただいた。

「……美味《おい》しい」

前菜は野菜の酢漬けにチーズといった、この国ではよく食べられている料理だ。食材は特別高級というわけではなく、むしろ健康的で質素だが、野菜本来の味が活《い》きていて酸味が絶妙だった。

（この酢漬け……、甘みはリンゴかしら？　料理人の方は外国の料理を学んでいるみたい）

特徴のないメニューだが、実際に口にするとマーシャが食べ慣れた味とは違っている。

続くスープに使われている香辛料やメインディッシュにかかっているソースも、それぞれこの国の伝統的なレシピに囚われない自由さがあった。けれど、ただ斬新なだけではなく、調和も失われていない絶妙なバランスで、料理人の技術やセンスが際立っていた。

マーシャは、次の品が運ばれてくるたびに、料理人の意図を推測するのが楽しくて仕方がなかった。

「君を見ているだけで、幸せな気持ちになれるな。拍子抜けするほど質素だと言われるかと思ったが、そんな心配はいらなかったようだ」

「顔に出ていましたか？　恥ずかしいです」

「いや、喜んでもらえて嬉しい」

「料理人の技術が素晴らしいと思います。たとえば先ほどの酢漬けですが、食材ごとに処理方法を変えていて手間がかかっているようでした。帝国では主流ではありませんが、酢にリンゴの果汁を混ぜて甘さを追加していますね。これは、隣国の家庭料理から……って、ごめんなさい。調子に乗りました」

下手をしたら、食材ごとの包丁の入れ方まで語る勢いだったことに気がついて、マーシャは知識披露をやめた。

高貴な者は料理などしないのだから、余計な言葉だった。

「いいや、君がまったく変わっていなくて安心した。それから君の持つその知識だが、きっと外国への訪問や友好国からの客人を迎えるときには役立つはずだ。使い方を間違えなければ誇っていい」

「はい」

一方的にうんちくを披露するだけではいけないが、幅広い知識は異なる文化を持つ者への理解や柔軟な会話へと繋がる。

きっとそれが、ギディオンがマーシャに求めている皇妃のあり方なのだろう。

デザートのフルーツがテーブルに置かれたタイミングで、マーシャは弟の件をギディオンに相談することにした。

「ギディオン様。伯爵家と弟についてご相談があります」

「あぁ、だいたいわかっているつもりだ」

昨晩の舞踏会で再会したばかりだというのに、ギディオンはかなり伯爵家の事情に詳しい。

今日も、サンドラの興味を削《そ》ぐために近衛《このえ》のヒュームをわざわざ低い階級の者に偽装させるという策を講じたくらいだ。

血縁関係などの表に出ている部分だけではなく、ジェナやサンドラの性格もある程度調べたのだろう。

「弟をあの家に置いておくのは少し心配なんです」

「確かに、君の母君は後見人としての資質にかけるようだ。……あの者たちが皇帝の縁戚になることに関しては私としても警戒している」

本来なら皇妃の実家は、皇帝にとって利益がある家がふさわしい。無害ならばまだいいが、伯爵家は有害な存在となる可能性があった。

「ご心配をおかけして、申し訳ございません」

「君が望んであの者たちと家族になったわけではないのだから気にするな。母君はいずれどうにかせねばなるまいが、まずは弟君だ。……で、じつは手紙を預かってきている」

「はい？　今、なんて……」

「メガネを受け取りに出かけただけのマーシャが戻らなかったら、弟君——ウォルト殿が心配するだろう？　すでに使いを出し、事情を説明してある」

ものすごい手際のよさにマーシャは目を丸くする。

ギディオンは内ポケットから手紙を取り出してマーシャのほうへ差し出した。

マーシャはそれを受け取り、中を確認する。差出人はウォルトで、姉の婚約を歓迎する内容だった。

『姉様、ご婚約おめでとうございます。使者の方から事情をうかがいました。しばらく離ればなれになりますが、姉様はどうかご自身のやるべきことをやってください。僕も伯爵として精一杯の努力をいたしますので、ご心配には及びません。あの人たちは僕に対してなにもできないし、姉様が帰ってきたらどんな嫌みを言われるかわかったものではありません。僕は以前から、姉様が家を守るために行き遅れになるのは反対だって言っていたはず。姉様は僕を子供扱いするけれど、守られるだけの関係はつらいものがあるわけです。そのへんをよく考えてね？帰ってきたら怒りますよ！　――ウォルト』

　ウォルトはよくできた弟だった。

　マーシャの婚約を歓迎するのと同時に、その後マーシャが弟のためにどう動くかを予想して釘《くぎ》を刺してきた。

「仲がいいんだな……。それに君の弟はしっかり者だ」

「そうなんですけれど、でも……あの歳で家族が誰もいない状況はちょっと心配です。賢い子だからこそ我慢して、寂しさを隠してしまうでしょうから」

　彼はまだ十一歳なのだ。ものわかりがよくマーシャの幸せを願っているからこそ、離れたくないとは絶対に口にしない。

そこは姉がしっかり察してあげるべきだった。

「なるほど。……ならば、優秀な家庭教師を伯爵家に派遣するというのはどうだろう？　将来のためにもなるし、ウォルト殿の様子もわかるから一石二鳥だろう。面会も定期的に設けなければならないな」

ギディオンは本当に誠実で優しい人だ。悪い役人を左遷したあの頃の彼から、やはり変わっていないのだとよくわかる。

「ぜひ、お願いいたします。母が受け入れるかどうかはわかりませんが」

ウォルトにはジェナが雇った家庭教師がついている。

ウォルトを従順にさせる意図があって選ばれた者だから、新たな教師は拒絶される可能性もある。

ただし、ウォルト本人に伯爵邸を離れる意思がない以上、ギディオンの提案が現実的だった。

「なるほど。……とりあえず手配だけはしておく」

「なにもかも頼ってしまい、申し訳ありません」

ギディオンは首を横に振る。

「君を妃にしたいと望んだのは私なのだから、それくらいして当然だ。……頼むから、家族のことで身を引くなどとは考えてくれるな」

「わかりました。では、それ以外の部分で皇帝陛下としてのギディオン様を支えられるように努力いたします」

愛に生きたいと言った元皇太子ほど、ギディオンは自由でいられない。

それでも、マーシャとの婚約は政略的なメリットよりも彼の個人的な想いが優先されている。

彼の皇位継承前に発生した騒動により皇族の権威が多少なりとも損なわれている。だからこそ余計に、マーシャは彼女個人の資質でギディオンにとって有益な人間であり続ける必要がある。家の力がなくても、政の中心にいる高位貴族たちに文句を言わせない立派な皇妃を目指さなければいけない。

「そうだな。女官たちから聞いているかもしれないがしばらくいろいろな作法を学んでもらう。君はきっと座学は得意だろうから、問題はダンスくらいかな？　べつに帝国内で一番の貴婦人になれとは言わないが、恥ずかしくない程度に踊れるようになってくれ」

「ダンス、……ですね？　ダンスは必須なのですね？　そうですか……ダンスですか」

専用の舞踏室まで用意してしまうほどギディオンも女官も本気なのだと、マーシャはすでに理解していた。ただし、理解しただけでダンスへの苦手意識はどうにもならなかった。

「運動音痴なのは知っていたが……そんな死んだ魚みたいな目になるほど苦手なのか？」

「……まともに踊れません」

ひかえめに報告してもどうせあとでバレてしまう。ここは素直に自分の実力を告げるべきだとマーシャは腹を括る。

元気な頃の父は自由人で、マーシャに苦手なものを押しつけなかった。社交界にデビューした直後に父が病に倒れたせいで、マーシャも華やかな場所へ行くことを自重していた。そして父の死後、義母と義姉は「習うだけ無駄」と言って見放していたし、マーシャもそれでいいと思っていた。

時々、社交の場に足を運んでも壁の花になっていれば乗り切れたのだ。

「ではダンスの時間は多めに取ろう」

「ところでギディオン様は、どうして私がダンスを苦手にしているという前提で動かれていたのですか？」

運動音痴なのは事実だが、本人の申告前から先行して動かれると多少は傷つく。

「見ればわかるが、自覚がないのか？　……二年前の図書館での出会いをよく思い出してほしい。それに昨晩も酷かった……」

基本的にギディオンはマーシャを信頼してくれているが、この件だけは別らしい。心底あきれた様子でため息をついた。

「……うぅっ」

ギディオンとの出会いのきっかけはマーシャが自分の頭上に分厚い本を落としたことだった。そして再会した夜の庭園は段差に気づかず転倒する寸前だった。

彼の中ではマーシャは筋金入りの運動音痴という位置づけだ。だから彼は、マーシャが謙遜をして大げさに言っている可能性を少しも疑ってはくれなかった。

「……三ヶ月後、春の盛りに私の誕生日に合わせてまた城で舞踏会が開かれる。それまでに私の足を踏まないで踊れるようになってもらわなければ困る」

ギディオンがどこか哀れむような視線を向けてくる。初心者だから優しい教師をつけるということにならないのが事態の緊急性を物語っていた。

多くの知識をつけろと言われたら、おそらくマーシャにならできる。ただ人間の身体能力には限界があって、完璧なダンスを披露しろと言われても美しいステップを踏む自分の姿は想像できない。

「……はい」

とりあえず習う前からできないとは言えない。

マーシャは自信なさげに返事をしたのだった。

◇　◇　◇

マーシャに与えられたのは皇帝の私室の向かいにある一室だった。

落ち着いた雰囲気の家具で統一された部屋には大きな書架がある。マーシャ付きとなった女官たちが朝からその書架に大量の本を運び入れた。

「マーシャ様、こちらは我が国の貴族名鑑、そして周辺三ヶ国の王族について記された資料でございます」

「こちらは皇帝陛下主催の年中行事についてまとめられた本でございます。もしよろしければお暇なときにご確認いただければと思います」

「五代前の皇妃様の手記でございます」

女官たちが、運び入れた本や資料について説明をしてくれる。

つまり、これらには未来の皇妃に必要とされる情報が書かれているから目を通せというのだろう。

本が大好きなマーシャだが、書架の埋まり方で今日から始まろうとしている妃教育が相当過酷なものだと察することができた。

(ギディオン様だって急に即位されて大変だったはず……。だったら私も、欠点のない妃にならなきゃ)

ギディオンは有能な人物ではあるのだが、皇帝となる直前まであえて政には遠ざかっていた。それでも、皇帝の職務に支障をきたさなかったのだから、未来の皇妃も同じ心構えであるべきだ。

マーシャはさっそく五代前の皇妃が書いたという手記を書架から取り出し、パラパラとページをめくった。

内容は、権力者の妻たちが繰り広げる闘いだ。

多くの女性たちから尊敬されていた貴婦人が、許されざる恋に溺れ破滅してしまう話。

とある女性が夫の政敵を排除するために色仕掛けをする話。

そのほか社交界で行われたえげつない嫌がらせなど、皇妃が実際に体験したり間近で目撃したという事件がまとめられていた。

「……なんというか、お芝居の愛憎劇よりも実体験のほうがよほど心に響きますね」

五代前の皇妃はかなりの文才の持ち主だったに違いない。

読みはじめると止まらなくなるほど、マーシャは手記に引き込まれた。

「女性同士の静かな闘いをどのように切り抜けるかという部分で代々の皇妃様が参考になさったと聞き及んでおります。なんでもこの手記を読むと、口さがない言葉に対して耐性を養うことができるとか」

嫌がらせの一例はこうだ。

五代前の皇妃が皇帝に嫁ぐ前、侯爵令嬢だった当時の彼女はとある舞踏会に招待されていた。

友人たちから「この日は主催者の提案で、黒の衣装を身につけるのが決まった」と連絡を受けた。

素直な令嬢が黒のドレスで出席すると、じつは主催者の大嫌いな色だったという。

主催者は社交界で影響力のある公爵夫人だ。当然「皇太子殿下とのご婚約が内定したら、公爵夫人のわたくしより偉いのね？」などと言われ、嫌われてしまった。

未来の皇妃だとしても、偉ぶるつもりはなかったし、影響力の強い貴族を蔑ろにしては国政が立ち行かないのは重々承知だったのに。

（この手記は、後世の皇妃たちへの助言なのですね）

五代前の皇妃は、ただ社交界で起こったドロドロとした出来事を綴っただけではない。

社交界は嫉妬が渦巻く場所だから、信頼できる者が誰か自分で見極めなければならないのだ。

身分の高い者と婚姻を結ぶと、自分がどれだけ正しいつもりであっても、嫉妬ややっかみの対象となる。まずは隙あらば蹴落とそうとする者が常にいることを忘れるなと忠告をしたかったのだろう。

きっと貴族としてはとくに目立つほうではない伯爵家出身のマーシャにとって、この戒めは重要になるはずだ。

「それにしても女性っていつの時代も花が好きなんですね」

手記によればその時代、花言葉を使った嫌がらせが貴婦人のあいだで大流行したという。

どの花も大抵複数の花言葉を持っている。同じ花でも色や花の数で意味が異なる場合があり、よい意味と悪い意味が混在している。

その時代に流行したのは、花になぞらえて相手をほめていると装い、じつは悪い意味の花言葉を使って貶《おとし》めるという嫌がらせだ。

意味を理解したうえでうまく返さなければ教養がないと陰で笑われる。

仮に裏の意味をわかっていても、憤《いきどお》るのは禁物だ。「そんな意図はございませんでしたのに」という言い訳が成り立つ。

穿った捉え方をしたほうが性格が歪んでいると非難されてしまうだろう。回避が難しい嫌がらせだった。

「今でも同じ手法が使われているそうですよ」

女官の一人がそう言って苦笑いを浮かべた。

「そうなんですか……？　では私も花言葉をしっかり頭に叩《たた》き込《こ》んでおかなければなりませんね」

「ぜひそうなさってください」

少なくともマーシャの周辺でこんな話は聞かない。

きっと今までは社交に積極的ではなかったし、他家の令嬢から嫉妬される立場でもなかったので知らないだけなのだろう。

「そちらの手記はお役に立ちそうでしょうか？」

「ええ、とても……」

手記を読み終えた頃、ダンスの教師がやってきた。

ドレス姿にメガネは合わないということで、マーシャはメガネをはずしレッスンに挑む。

未来の皇妃はできるだけ美しく装い、流行を取り入れ、ほかの貴婦人の手本にならなければいけないのだ。

背の高い女官が男装に着替え、パートナー役を引き受けてくれる。

まずは基本のステップだ。マーシャも社交界デビューする前に一応教わっていたため、ステップそのものは覚えている。ただし、ピアノの音に合わせようとすると、心ではわかっているのに、足がそのタイミングで動いてくれない。

十代前半のときはこのあたりで挫折した。

初日の今日は、教師に何度も注意されながら、一人で同じステップを繰り返す。

しばらくすると教師が手をかざしてピアノの演奏を中断させた。

「……ふぅ。もしかしてパートナーのリードがあればリズムに乗れるかもしれませんから、二人で踊ってみてください」

教師としては運動音痴でリズム感もないマーシャに奇跡が起きないか、どんなに薄い望みでも試してみたかったのだろう。

マーシャはさっそく男性役を引き受けてくれた女官が差し出した手を取った。

ピアノが奏でる三拍子の旋律に合わせて記憶のとおりにステップを踏むのだが――。

「あ、ごめんなさい」

三小節目ですでに遅れてしまう。

「大丈夫です。さあ、続けましょう」

女官は笑顔で許してくれる。

演奏をいったん中止し、また最初の姿勢に戻った。

再び曲に合わせてステップを踏む。ところが今度は、緊張のあまり一歩が大きくなっていた。しかもふんわりしたドレスと視力の悪さによって足元が見えないものだから、後ろに下がったときに体勢を崩し、尻もちをついた。

うっかり手を放すのを忘れ、パートナーまで道連れにする寸前だった。

「……本当にごめんなさい」

「マーシャ様、お怪我はございませんか？」

優しい女官は、手を差し伸べてマーシャを引き起こしてくれた。

「大丈夫です。転ぶのは慣れておりますので。もう一度お願いします！」

お尻は痛かったが、この程度は想定内だ。教師、パートナー、演奏担当という三人もの女性がマーシャに付き合ってくれているのだ。彼女たちのためにもすぐにレッスンを再開しなければならない。

そして三度目の正直で挑んだマーシャだったが、曲の半分も終わらないうちに、パートナーの足を思いっきり踏んでしまった。

「あの……ご、ご……ごめんなさい」

女性の足を強く踏みつけたら、相手が指を骨折することだったたありえる。

マーシャは急いで怪我の具合を確認しようとしたが、女官は意外にも笑顔だった。

「皇帝陛下から靴の中に仕込む鋼を用意するようにという助言をいただいておりましたので、問題ございませんわ」

女官は足先を前に出し、トントンと軽く床を踏み鳴らした。一見すると普通のエナメルシューズだが、内側に金属の板が仕込んであったのだ。

「さ、さすがは皇帝陛下です。本当に、私のことをなんでもわかっていらっしゃるのですね。嬉しいですわ……フフフ」

マーシャはこの件に関しては、ギディオンからまったく信用されていないらしい。しかもギディオンの気遣いが功を奏し、怪我人《けがにん》が発生する事態を防げたのだ。彼に対し不満を言えるはずもなく、羞恥心を隠すために笑ってごまかした。

「本当に、皇帝陛下とマーシャ様は仲がよろしいのですね」

マーシャ付きの女官たちは、妃教育については厳しい部分もあるが、皆優しい。それにギディオンとマーシャの関係をキラキラとした表情を浮かべ見守ってくれる。彼女たちがいてくれるのなら、妃教育も頑張れそうだった。

マーシャが女官とほほえみ合い友好を深めていると、教師から檄《げき》が飛ぶ。

「マーシャ様！　喜んでいる場合ではございません。練習あるのみですよ！　ささ、お早く最初の位置にお戻りください」

「は……はい」

その後も厳しいレッスンは続く。けれど筋金入りの運動音痴が一日で改善するはずもなく、初日に教師からほめられたのは「やる気は感じられました」の一点だけだった。

◇　◇　◇

数日後の昼下がり。妃教育の合間の時間、ギディオンから散歩へ行こうと誘われた。

即位したばかりのギディオンには、なすべきことが山積みで、日中は基本的に一緒にいられない。それでも、朝食はマーシャの私室で食べるようにして、一日一回は顔を合わせる機会を作ってくれていた。

そんな彼がいつもなら執務に励んでいるはずの時間にマーシャを誘ったのは意外だった。

「今日は天気がいいから、思い出の場所を歩きたかったんだ。散歩のあとはサロンでお茶の時間にしよう」

再会の場所である城内の庭園を、二人寄り添って歩く。ヒュームを筆頭に近衛と女官がそれぞれ三人ずつ同行しているが、皇帝とその婚約者の邪魔をしないために距離を取ってくれている。

出仕している者たちが自由に訪れることが許されている場所だから、まばらではあるものの散策を楽しんでいる者もいるようだ。

彼らは皇帝が近づくと道をあけて通り過ぎるまで低頭する。

ここにいる者は身分の高い貴族がほとんどだから、ただギディオンと一緒にいるだけで道を譲られてしまうという状況に、マーシャは少々困惑した。

そんなマーシャを気遣っているのか、ギディオンはひとけのない場所を選んでマーシャを案内してくれる。

「こんなに美しい庭園だったんですね」

あの日は暗かったし、メガネを捜すのに夢中だったため花壇に植えられた花々を眺める余裕など一切なかった。とは言うものの、じつは今日のマーシャも景色に集中できていない。

ギディオンにエスコートされて歩いている状況が落ち着かなくて、ちょっとした彼の仕草にドキドキしてしまうせいだ。背中から腰に回された手の温かさや、柔らかく笑う彼の表情に魅入られて、花どころではなかった。

「ダンス以外は順調みたいだな」

「はい……。元々なにかを覚えるのは苦にならないのです。ですが身体は思うように動かなくてどうにもなりません」

「一つくらい欠点があったほうが私としては可愛いと思っているんだが、皇妃となるとそうもいかなくてな。……君には本当に苦労をかける」

　個人としてのギディオンは、ダンスが苦手ならやらなくてもいいと考えているのだろう。けれど皇帝という立場の彼は、未来の皇妃に完璧であることを求めている。

「いいえ、苦労というほどのものではありません。私、こうやってギディオン様の隣にいて堂々と歩けるのが嬉しいんです。だから午後も頑張れそうです」

「私もだ。……君は本当に私の特別なんだ。しがらみのない場所で出会って、愛するようになったから。私自身の強い意志でなにかを押し通したのはこれが初めてかもしれない」

　図書館で会っていた頃の彼は、先帝や当時の皇太子のためにすべてをあきらめて生きていたのだ。

　帝位を望んではならないと己に言い聞かせ納得していたのに、突然帝位とすべての責任を押しつけられた彼の心情など、マーシャにはわからない。

　けれどマーシャは、彼の中に葛藤《かっとう》があることをあの頃から感じていた。

　本当は抱えている悩みを相談してほしかったし、マーシャが困っていたとき手を貸してくれた恩返しがしたいと願っていた。

　だから再会して間もないというのに、どうにかしてこの人を支えてあげたいと強く感じるようになった。

「ところで弟君のことだが……」

「ウォルトになにかありましたか？」

「家庭教師をつけると母君に打診したが、伯爵家にはすでに母君自身が選んだ家庭教師がいるからと断られてしまった。無理矢理保護することもできるが、君はどうしたい？」

ある程度予想していたが、やはり義母はギディオンの息がかかったものをウォルトのそばに置くのを拒否したようだ。

ギディオンが無理をすればウォルトをマーシャの近くに呼び寄せることは可能だ。けれどそれではウォルトの気持ちを無視するかたちとなってしまう。

「それは、……やめておきましょう。あの子は若いですが伯爵です。自分の役割を放棄したくないと言うに決まっています」

義母がウォルトに対しては酷い扱いをできないのはわかっている。そしてウォルトは心の強い子だから、マーシャがいなくても義母の操り人形にはならないはずだ。

マーシャがギディオンとの結婚をあきらめて伯爵邸に帰ったら、きっとウォルトは怒るだろう。

「そうだな。弟君については、少し時間が必要だろう。私のほうでももう一度どうするべきか検討する」

「ありがとうございます」

そのとき、同行していた近衛のヒュームがサッとマーシャたちの進路を塞いだ。

誰かがこちらに向かってきているからだ。

「これは侯爵閣下。……どうかなさいましたか？」

ヒュームが問いかける。

「なに、陛下がこちらにおわすとうかがってな。国務大臣として、重要な話があるのだ」

五十歳手前くらいの紳士が見えた。

しわの少ない上質な衣装を身にまとう、ほっそりとした印象の人物だ。マーシャは妃教育で貴族名鑑を暗記するようにと教師から指示されている。

まだすべては覚えていないのだが、国の要職に就いている者から順に、経歴だけではなく容姿などの特徴まで記憶している最中だった。

侯爵で細身、国務大臣の地位にある――内務、財務、軍務、などこの国には十四人の国務大臣がいるが容姿の特徴と併せて推測すると、彼は内務大臣のアリングハム侯爵だという結論に至る。ヴァンスレット帝国内で大きな力を持つ指折りの名家の当主だ。

芸術に造詣が深く、趣味は絵画の収集。アリングハム侯爵家の娘は元皇太子エグバートの有力な妃候補。マーシャは覚えたての情報を頭の中から引き出した。

「……皇帝陛下はただいま婚約者のサフィーク伯爵令嬢とお過ごしです。謁見《えっけん》がご希望であれば補佐官を通していただくようにお願い申し上げます」

皇帝に直接意見を言いたいのならば、まずは手順を踏んで謁見の申し込みをしなければならないとヒュームは指摘した。

「皇帝陛下はいつから臣の言葉に耳を傾けてくださらなくなったのだ？　先帝陛下の御代《みよ》では私が会いたいと言えば、必ずそれを許してくださったのに」

人に会うのならまず約束をするという当たり前の作法をアリングハム侯爵が守ろうとしないことに対し、マーシャは違和感を覚えた。

急用があって誰かの屋敷を訪れる場合でも、先触れを出すのが貴族社会での常識だ。「私が会いたいと言えば」とは、なんと傲慢な言葉だろう。

これはギディオンが臣からの言葉に耳を傾けないのではなく、先帝のほうが臣の言いなりだったということではないのだろうか。

「緊急の用件でやってきた者を追い払った記憶は私にはないよ、侯爵。ただ、突然やってくる者はなぜか見合いや社交の話しかしないものだから、不要だと判断しただけだ。……せっかくだから皇帝が婚約者と過ごす時間よりも重要だという、あなたの話を聞かせてもらおうか？」

ギディオンは、普段マーシャに向ける笑みとはまったく違うほほえみを侯爵へ向けた。

笑っているのに、そばにいる者が萎縮《いしゅく》してしまう独特な雰囲気があった。

「……い、いえ……」

「どうしたのだ？」

侯爵の様子からして見合いか社交の話だったのかもしれない。

婚約者のマーシャが一緒なのだから堂々と見合いを勧めるとは思えないのだが。

「その……政《まつりごと》の件ではございません。陛下が婚約者の令嬢と散策中だとうかがいまして、国政の一端を担う者としてぜひご挨拶をさせていただこうと」

引きつり笑いで必死に取り繕う。

「それなら最初からそう言えばいい。……私の婚約者サフィーク伯爵家のマーシャ嬢だ」

ギディオンに促され、マーシャは淑女の礼をした。

「アリングハム侯爵閣下にはお初にお目にかかります。マーシャ・サフィークと申します」

「うむ、よろしく頼む」

定型文のような挨拶が終わると、ギディオンがマーシャにうっとりとした視線を向けてくる。

「面識はないはずだが、よく彼の名がわかったな？　さすがは私が選んだ未来の皇妃だ。……そうは思わないか？　侯爵」

おそらくギディオンがアリングハム侯爵の名を呼ばなかったのは、わざとだ。少ないヒントからマーシャに予測させたかったのだろう。

侯爵に、未来の皇妃が有能な人物だとわからせせようとしているのだ。

（本当は大して取り柄のない小娘ですが、だからこそ知識量でどうにか乗り切らなければ！）

実家の財力はないし、人目を引く容姿でもない。

物知りではあるものの、興味のある分野が偏っているから高位貴族の侯爵相手にどこまで闘えるかはわからない。

　けれど、少なくとも侯爵に侮られないように注意して行動しなければならないのだろう。

「十日後、我が侯爵家の茶会へご出席くださるお約束でしたが、よろしければ伯爵令嬢もご一緒にいかがですかな？」

「そうだな……」

　ギディオンはすぐには答えず、悩んでいる素振りをした。

「娘のオフィーリアも、陛下にお目にかかれる機会を楽しみにしているのです。あの子は幼い頃から陛下を慕っておりましたから」

　婚約者がいる男性に対し、自分の娘の話をするこの男はいったいなにを考えているのだろうか。娘のオフィーリアに会えば、ギディオンが地味な伯爵令嬢よりも自分の娘を妃に望むはずという自信でもあるようだ。

「エグバートを慕っていたと記憶しているが？　十年ほど前だったか……挨拶を受けた際に、私のことは空気のように扱っていたぞ」

「まさか！　そのようなことはございません。きっと幼かったゆえ恥ずかしかったのでしょう。ハハハ……」

　侯爵の言い訳は苦しかった。

「まあいい。彼女の正式なお披露目《ひろめ》は私の誕生日にと思っていたが……そうだな、少し社交の場に慣れておくのもいいだろう。な？　マーシャ」

「陛下の仰せのままに……。侯爵閣下は芸術に造詣が深く、とくにかの有名なベルナルディーノの彫刻や油絵をたくさん所有されているとうかがっております。それを拝見できると思うと今から楽しみで仕方がありません」

彫刻や絵画に関する知識は人並みしか持たないマーシャだから、アリングハム侯爵とこの件で渡り合うのは無理だ。

そんな話題をあえて口にしたのは、一種のはったりだった。

こちらにも知識がありますよ——そんな牽制《けんせい》をしておけば、不用意に芸術関連の話は振らないだろう。

「ところで、マーシャ。ギディオンと呼べと言ったはずだが？」

ギディオンは細い腰に添えていた手に力を込めて、マーシャを自分のほうへと引き寄せた。

「恐れながら侯爵閣下もいらっしゃることですし、わきまえた者でありたいのです」

「いいじゃないか。侯爵だって私的な挨拶をしたかっただけなのだから。今は公務中ではないから、うるさいことは言わないに決まっている」

ギディオンが恋人の距離でささやく。二人で過ごす時間を「私的な挨拶」という侯爵個人の都合で妨げているという非難が含まれているのはあきらかだった。

「で、……では十日後に。私はこれで失礼いたします」

「ああ」

「ごきげんよう、侯爵閣下」

侯爵は二人に背を向けてそそくさと去っていく。

彼の姿が見えなくなってから、マーシャは思わず大きなため息をついてしまった。

「疲れたか？」

「はい。こういう舌戦は苦手です」

毎日のダンスレッスンで少しは体力がついたはずだが、慣れないことをしただけで身体を動かさなくても一気に疲労は溜《た》まるものだ。

「そのわりにはうまかったぞ？　侯爵の趣味まで把握しているとは思わなかった」

「国務大臣を務めていらっしゃる方は優先して覚えるようにしておりました。それに『名もなき探偵』で絵画泥棒を捕まえる話があるでしょう？　盗まれた絵はベルナルディーノの『故郷』がモデルだという説が有力です」

ベルナルディーノは百年ほど前にヴァンスレット帝国で活躍した芸術家だ。絵画泥棒の小説を読んだマーシャは、当然、モデルとなった画家や絵画について調べた。だからたまたま国内で最も熱心なベルナルディーノの蒐集家《しゅうしゅうか》が誰か知っていたのだ。

「私の妃は予想以上に有能だ。……動機は微妙だが、偉いな」

ふいに手が伸びてきて、ギディオンがマーシャの頭を撫でた。

なぜか子供扱いだが、彼に頭を撫でられるとこそばゆくて、マーシャの頬はポッと赤くなる。

「もう！」

「さあ、そろそろお茶の時間にしようか」

そう言って、ギディオンが案内してくれたのは白い家具で統一された明るい印象のサロンだった。

お茶の用意が終わると、女官も近衛も部屋から去り、二人きりになった。

今日は膝の上ではなかったが、同じソファに座りずっと腰に手が添えられている状態だ。

「マーシャ。ご褒美はなにがいい？」

紅茶を一杯飲み終えたところでギディオンがささやいた。

「とくに、……い、いらないです……」

ギディオンがやたらと顔を寄せてくるのは、マーシャの弱点が彼の声だからだろう。

マーシャはいらないと答えながら、本当はギディオンがなにをしたいのか予想がついていた。

怖いと思う気持ちが半分、別の気持ちも半分あった。

「じゃあ、私がもらいたい」

「なぜですか？」

皇帝としてのギディオンにふさわしい女性であろうと努力をしたのはマーシャだ。ご褒美を断ったとしても、与える立場に変わるのはおかしい。

「……疲れているんだ。侯爵のように図々しくも規則を無視する者は多い。婚約者との逢瀬《おうせ》を邪魔し、それどころかすでに決まった相手がいるのに隙あらばほかの令嬢を勧めようとする輩《やから》と毎日毎日毎日毎日戦って、本当に疲れている。……癒やされたい」

ギディオンはサッとマーシャを引き上げて、無理矢理膝の上に乗せた。なにが彼の癒やしになるかわざわざ言葉にしなくてもわかる。

「今はお茶の時間ですよ！」

「私に不足しているのは水分ではないから。……こうやってずっと膝の上に乗せて執務をしたら捗《はかど》るだろうな。今度やってみようか？」

彼に背中を預けた体勢でマーシャはブンブンと首を横に振る。きっと皇帝の執務室には彼を補佐する文官や護衛の近衛がたくさん出入りするはずだ。陳情にやってきた臣も二人の姿を目撃するだろう。

どれだけ真面目に執務を行っていても、そこに婚約者が座っていたら皇帝の威厳が損なわれる。

「ひゃっ」

ギディオンの手がマーシャの胸に触れた。服の上からそうされると布地がこすれて、直接触れられているのとは違う感覚がした。

くすぐったくてもどかしい。

ギディオンの指がもたらしてくれるもっと強い刺激を知っているマーシャには物足りない。数日前にたった一度抱かれただけで、マーシャの身体は淫らで貪欲になってしまったのだろうか。

続きを求めている自分自身を自覚したとき、マーシャの身体がカッと熱くなった。

「はぁっ、あ……あぁん」

「気持ちよさそうな顔をしている」

「して、……ません。くすぐったくて。それに、顔……見えない……んっ！」

マーシャは彼に背中を預けているのだ。互いの表情なんて見えるはずがない。

そうこうしているうちにドレスが乱され、胸のあたりを覆う布が取り払われた。中途半端に脱がされたせいでドレスの袖が腕の動きを妨げている。

胸の頂があらわになっても抵抗すらままならない。

「ううっ、……あぁ、そこ……弱いの……あぁ！」

胸の先端は服の上から弄ばれたせいで最初からぷっくりとしていた。

そこをギディオンが摘まんで、くりくりとこね回す。ほしかったものが与えられ、身体が急激に昂《たかぶ》っていくのを感じた。

「ちゃんと見えている。……大きめの瞳が潤んでいるのも、小さな唇が声を我慢して震えているのも、胸の先端がツンとしているのも……全部だ……」

「……嘘、意地悪しないでください……ふっ、あぁ」

「わからないのは、君が下ばかり見ているからだ」

ドレスが太もものあたりまでたくし上げられる。

そのまま強引にドロワーズが引きずり下ろされた。ジタバタとしているうちに膝を通り過ぎてドロワーズはあっけなく床の上に落ちた。

「ギ……ギディオン様！　だめ、こんなに明るい場所は、あぁっ、嫌なの……！」

「濡れているのに？　……ほら、ここ」

クチュ、という音を伴って、指が入り込んでくる。繊細すぎる場所に触れられるのはまだ慣れない。

ドレスが邪魔で、その部分がどうなっているのかわからなくても、音と滑らかに抜き差しされる指の感覚で、マーシャは自分の身体が欲情しているのを思い知る。

やがてギディオンの指がマーシャの最も敏感な場所に触れた。

「あ、……あぁっ！」

身体が自然に仰け反るのと同時に、マーシャは視界の先に人影がゆらめくのを見た。

「や……やだっ！　いやぁぁっ」

テーブルの先、正面の壁には大きな姿見が設置されていたのだ。

人影はマーシャ自身だった。

「ほら、綺麗だ……。こんなに淫らなのに表情は少し子供っぽい」

胸と太ももをあらわにして、青年の上に跨《また》がる自分がそこにいた。

ドレスの内側をまさぐる指に反応して、ヒクヒクと身体を震わせながら快楽に溺れている、信じられない光景だった。

マーシャは現実から目を背けたくて目を閉じる。けれど鏡に映った姿は脳裏に焼きついていて消えてくれない。

「あぁ、もう……恥ずかしい、……いやぁ……」

ポロポロと涙が溢《あふ》れ出しても、ギディオンに止まる気配はなかった。指が二本に増やされて、クチュクチュと内壁の感じる場所ばかりをこすられた。

「見たくないのなら、メガネはいらないな」

もう片方の手でギディオンはマーシャのメガネを奪った。

視界がぼやけて、鏡に映るものはよく見えない。

見えなくなってそれで羞恥心が消え去るわけではない。自分がどんなふうにギディオンの手技を受け入れているのかわからないまま、ギディオンにだけはすべてが見えているというのも耐えがたい。

「ここと胸、一緒が好きだろう？　あぁ、それからキスも好きだったな……」

ギディオンは首筋に舌を這わせながら胸の先端と秘めたる場所を同時に責め立てる。マーシャの身体から汗が噴き出し、不安定な位置にある足がガタガタと震えだす。

「……うぅ、あ……はぁ、はぁっ、もう……私……」

「達《い》きそう？」

コクン、と深く頷く。

「気持ちがいいんだな？」

「気持ちいい、の……。指が、いいの……。もう……もうっ、来ちゃう……！」

ギュッとつま先に力を込めると、簡単に昇り詰めた。マーシャは身体を大げさに反らしながらギディオンが与えてくれた快楽を受け入れていった。

「あぁぁっ、……これ、止まらない……あぁっ、はぁっ」

視界が一瞬暗くなって目の奥にチカチカと星が弾ける。

咥《くわ》え込んでいる指を締めつけるたびに、再び快楽が襲いかかる。気持ちがよいのにまだ身体がそれを処理しきれず、苦しい。

長い時間をかけて、マーシャの身体はようやく落ち着きを取り戻す。

「……はぁっ、はぁ……、こんな場所で……あっ！」

ギディオンが指を引き抜いた。すると温かな蜜が溢れて内股を濡らすのがわかった。

どかなければ彼の服を汚してしまうとわかっているのに、急に身体から力が抜けてしまい動けない。

「マーシャが可愛いから……ほら、私ももう耐えられそうにないほど昂っている」

ギディオンがマーシャの臀部《でんぶ》に硬いものを押しつけてくる。トラウザーズ越しでもはっきりとわかるほど膨張し、マーシャがほしいのだと訴えている。

明るい部屋で、ベッドの上ですらない場所での行為にためらいがあるものの、今更後戻りはできないのだと察するしかない。

マーシャはモゾモゾとギディオンのほうに向き直り、脚を開いて跨がった。

「こうしていたら、鏡は見えませんよね？」

「あぁ……だが、結局君のことはよく見える」

本当に、どうしてこういうときだけ意地悪を言うのか、マーシャはまだ彼を完全には理解できていないのだろう。

「君から、私に触れてくれるだろうか？」

マーシャは静かに頷いて、ギディオンの下腹部に手を伸ばした。

敏感な場所に触れながら、どうにかトラウザーズを脱がせようと試みる。構造はわかっているはずなのに、手間取ってしまう。

「え……ええ……っと」

「頼むから、焦らすのはやめてくれ」

ギディオンから抗議の声があがった。

「脱がせた経験がなくて……仕方ないんです……」

モゾモゾと股のあたりを探ってみるが、やはりうまくできない。結局痺れを切らしたギディオンがトラウザーズをくつろげて、猛々《たけだけ》しい竿を取り出した。

そうしろと命じられていたから、マーシャはためらわず彼の男根に触れ、軽く握ってみた。

(こんなに硬いものが……)

ぼやけた視界と手の感触を併せれば、握っているもののかたちを正しく把握できる。

太さも、硬度も、到底女性の身体が受け入れられるようなものではないような気がするのに、マーシャは数日前に彼と繋がったのだ。

「マーシャ、もう待てない……」

「……でも、どうすればいいのか……私……」

「腰を上げて、あてがって……。それだけでいいから」

マーシャは請われるまま、膝立ちになり蜜口に剛直をあてがった。先ほど達したせいでその場所はしとどに濡れている。ただ、この先に進むのは怖かった。

「ゆっくりでいいから呑《の》み込《こ》むんだ」

「……は、はい。……っ、んん」

ギディオンがマーシャの腰をがっしりと掴み、方向を指示する。上を向きマーシャと繋がりたいと主張している男根が狭い入り口を押し広げた。

純潔を散らしたときの痛みが蘇《よみがえ》ってくる気がして腰を引きたくなる。内壁を押し広げられる感覚はまだ好きにはなれなかった。

「ギディオン様、キスがしたいです」

恐怖を紛らわすため、マーシャは唇を寄せて、許可が下りないうちにキスをした。ずっと彼に背を向けていたせいで今日初めてのキスだった。

ギディオンの舌が口内へ入り込むと、マーシャはすぐに夢中になり、気づけば自ら積極的に彼を貪っていた。

トロンと身体から力が抜けて、途中まで受け入れていた男根が自重で奥まで押し入ってくる。その衝撃に驚いて、マーシャは背中を反らした。

自然と唇は離れてしまう。

「キスがうまくなった。君は本当になんにでも熱心だ」

「……そんなことっ！　……あ、ぁん」

「二度目だから、痛くはないんだな……？」

異物感と恐怖があったのは蜜道を無理矢理広げられる一瞬だけだった。猛々しい竿を一度受け入れてしまうと、なにもかもが心地よくなる。

ギディオンが下からマーシャを揺さぶりはじめる。奥を突かれるたびマーシャは甘ったるい声をあげ、喜びを伝えた。

「……深いの、……あぁ、そこ……っ、あぁっ」

自重で繋がりが深い。一度引き抜かれたものが戻ってくるたび、彼を逃すまいとして膣がヒクヒクと収斂し、竿を締めつけてしまう自覚があった。

「奥が好き？　……腰、揺れているのがわかるか……？」

マーシャは無自覚だったが、ギディオンの突き上げと一緒に、自ら腰を揺らしていた。はしたないと思うのに、どうしてもやめられない。

「ご……ごめんなさい……、あぁっ、気持ちいい……の……」

勝手に心地よくなってしまうのは慎みがないと思うのに、もうやめられなかった。

「いいや、……それでいいんだ……。もっとよくなって……達ってしまえばいい……」

彼の言葉でわずかに残されていたためらいがはじけ飛ぶ。激しい突き上げに合わせて競い合うようにマーシャも必死になって腰を上下させていった。

「あぁっ、ギディオン……さま……、また……」

浮遊するような感覚が間近に迫っている。きつく抱きついていないと不安だった。

「私も……」

ぐらりと身体が傾く。ギディオンが予告なく体勢を入れ替えたのだ。ソファに寝転がり、やや横向きの体勢を取らされる。覆い被さるギディオンが、マーシャの片脚だけを折り曲げて高く掲げさせた。

「あ、……あぁっ、あぁっ！　深いっ、壊れちゃう……」

強烈な刺激に息ができなくなりそうだった。ギリギリまで引き抜かれた男根が一気にマーシャの奥を穿つ。

その動きを繰り返されると、もうなにも考えられなかった。

予告なくマーシャの中で燻《くすぶ》っていた快楽が弾けて、全身を駆け巡った。

「ん、んんっ！」

喉を反らし、短い呼吸を繰り返す。さらに激しく痙攣し、咥え込んでいるギディオンの雄の部分をギュッ、ギュッ、と締めつけた。

「あぁ……、最高に心地よい……」

うっとりと柔らかい笑みでつぶやいても、彼は激しい抽送を緩めてくれなかった。

達したばかりの身体は、どこもかしこも感じやすくなっていて休ませてほしかった。

それなのにギディオンがあまりに心地よさそうにするから、マーシャは「やめて」のひと言が言えない。

「ギディオン、さま……。私、また……あぁっ」

もうずっと軽く達し続けているようなもので、そこから戻ってこられない。気が緩むとまた大きな波が襲いかかる予感がして恐ろしい。

はっきりと快楽は感じているのに、苦しくもある。

「もう少し……、はぁ、……私の、マーシャ……」

「あぁぁっ！」

激しく穿たれながら名前を呼ばれた瞬間、マーシャはこらえきれずにまた果てた。

「……はっ、……締めつけて……っ、……」

余裕のなさそうなギディオンの表情がぼんやりと見えた。

あまりの激しさに意識が飛びそうになった次の瞬間、ギディオンが膨らんだ先端を最奥にこすりつけるようにしながらピタリと止まった。

「ギディオン様……、あぁ……」

「くっ」

低く短いうめき声のあと、彼は熱い精を放った。マーシャの中が熱くドロドロとした体液で満たされていく。

先ほどまで快楽に溺れてなにも考えられなかったのに、だんだんと穏やかな多幸感で心がいっぱいになる。

きっとそれは、ギディオンも一緒だろう。男根を引き抜くと触れるだけのキスをして愛情を伝えてくれた。

「……私、こういうキスが好きです」

「同じだ」

できることならばずっと抱き合っていたいのに、そうも言っていられない。

マーシャには妃教育、ギディオンには皇帝の執務がある。

（少しだけ……、あともう少しだけ……）

もうやめなければならないと理性が訴えているのに、互いの熱を伝え合うようなキスがいつまでも終わらない。

「んっ、……ん、……気持ちい、い……」

軽いキスが、再び激しくなっていく。

図書館のときとは違って、鳥の羽音が邪魔をしてくれなかったから、唇が腫れぼったくなるまで続けてしまった。

ようやく我に返ると、ギディオンはばつの悪そうな顔をしながら、乱れたマーシャのドレスを直しはじめた。

「疲れていたようだ。……その、すまない」

猛烈な眠気に襲われつつ、マーシャはなんとか体裁を整える。

（次回から、お茶の時間に人払いをするのは絶対にやめます！）

城に呼ばれた日、そしてたった今――マーシャは結局、ギディオンとまともにお茶の時間を過ごした経験がない。

「ギディオン様……、ずるいです」

「なにが？」

「弱い部分を見せるから……ずるい……」

ギディオンはフッ、と笑ってマーシャを軽く抱きしめた。マーシャが腹を立てているわけではないとわかっているのだ。

侯爵とのやり取りを間近で見て、マーシャはギディオンの苦労を知った。

皇帝は、大貴族の操り人形になりかけていたのだ。

それを本来あるべき姿に戻そうとしているのがギディオン——つまり新皇帝ジョーセフ五世だった。

マーシャはそんな彼を支える強い皇妃を目指す必要がある。十日後のアリングハム侯爵の茶会は、さしずめ未来の皇妃の初陣《ういじん》となるのだろう。

侯爵はきっと、娘を新皇帝の妃に据えるためにマーシャを蹴落としにかかるだろう。

とりあえずダンスを披露する必要がない茶会であるのが幸いだ。マーシャは気合いを入れて、新皇帝にふさわしい婚約者を演じるための準備に取りかかった。

◇　◇　◇

アリングハム侯爵は都の中だけではなく、郊外にも別邸をいくつも持っているという。

たとえば、都にほど近いウィンザム川の中流に趣味の釣りを楽しむためだけに所有している屋敷があるというし、涼しい北方に若手芸術家を住まわせるための屋敷も持っているという。

今回茶会が行われるのは都の中にある本邸で、庭が自慢の豪華な建物だった。

小さな池にはアーチ型の橋が架かり、水面には蓮《はす》の葉が浮いている。この国ではあまり見かけない植物が賑やかに庭を彩《いろど》っていた。

新緑が清々《すがすが》しい心地にさせてくれる庭園内にはいくつものテーブルがあり、その上には軽食と飲み物が置かれている。立食形式の茶会だった。

かつてギディオンと一緒に過ごした図書館の庭園にもめずらしい草花が植えられていたせいだろうか、なんとなくマーシャを懐かしい気持ちにさせた。

あのときのギディオンは、今より髪が長くもっと物腰が柔らかかった。文官か学者だと言われたらしっくりくる印象だ。

今は軍服を身にまとい、努めて強者になろうとしている。凛々しく、以前とは少し違ってしまった彼もまた素敵だった。

「マーシャどうかしたのか?」

「ギディオン様と出会った頃を思い出しておりました」

変わらないのは内面だろう。彼は結局、生まれながらの皇族でこの国で一番尊いとされている人物であるにもかかわらず、じつは常に自分を犠牲にしている。

出しゃばらず生きてきたのも、その方針を急に変えたのも、すべてはヴァンスレット帝国のためだ。

そんな彼の唯一のわがままは、マーシャを妃に望むことだと彼は言う。

だからこそマーシャのほうが「私心のない理想的な皇帝」にふさわしい妃であるために自分を変える必要がある。

「懐かしい。……そう言えば、今日の君のドレスの色は出会ったあの日と同じ黄色だった」

黄色といっても、今日の装いは落ち着いたクリームイエローのドレスだ。確かにその時期、マーシャは似たような色合いのドレスを持っていたが、ギディオンと出会ったあの日に着ていたかどうかなど記憶にない。

「よく覚えていますね？」

「……まあ、衝撃的だったからな」

ギディオンの唇は震えている。笑いをこらえているときの特徴だ。

「どうせ私の頭に本が直撃したのを思い出していらっしゃったのでしょう？　……もう！」

思いっきりにらみつけても、ギディオンに反省する素振りは見られない。

「その顔。……振り返った君があまりに可愛らしかったから理由をつけて東屋に誘ったんだ。我ながら、らしくない行動だった」

愛おしそうに見つめられたら、それ以上怒れなくなってしまう。

すでに庭園には多くの招待客が集まり、皇帝とその婚約者は注目の的だ。こうやって仲のよさをアピールするのは必要かもしれないが、ギディオンが甘すぎてマーシャの心臓に悪かった。

集まった者たちはギディオンから声がかかるのを待っている。ギディオンは関わりの深い者から声をかけ、マーシャを紹介してくれた。

しばらくすると主催のアリングハム侯爵が現れた。

「やあ、侯爵。お招きありがとう」

「これは皇帝陛下、それからサフィーク伯爵令嬢。よくぞお越しくださいました。さあ、オフィーリアも挨拶をしなさい」

侯爵の横にいる令嬢は、黒髪の美女だった。

波打つ髪に深いグリーンの瞳、かたちのよい唇には真っ赤な紅が引かれている。華やかな顔立ちでなければ似合わない色だ。

昼の正装は肌の露出が少ないが、それでもスタイルのよさがよくわかる。胸はふくよかなのに腰回りは細く、立ち姿には気品がある。完璧な令嬢といっても過言ではない。

父親の言葉に従い、令嬢は一歩前に歩み出て美しいお辞儀をした。

「オフィーリアでございます。お目にかかれて光栄です陛下」

顔を上げた彼女の頬がポッと色づいた。

「ああ、久しぶりだな、侯爵令嬢」

以前挨拶を受けたときの態度を忘れてはいない、というわかりやすい棘《とげ》が含まれた返事だった。

「ええ、本当に。……以前陛下にご挨拶をいたしましたのはデビュタント前の子供の頃でございました。大人の方々に萎縮してしまったのをよく覚えておりますわ」

ギディオンの認識では、当時皇位継承の可能性がない皇弟には目もくれないという態度だったとのことだが、彼女の中では違うらしい。

取り乱さず、あれは緊張していただけだと笑顔で言ってのけるのだから大したものだ。

「私の婚約者を紹介したいのだが、いいだろうか？」

「まぁ、これは大変失礼を」

オフィーリアは今気づいたとばかりに、初めてマーシャのほうへ視線を向けた。

ずっとギディオンの隣にいたのだから、気づかないはずもないだろうに。

「マーシャ・サフィークでございます。どうぞお見知りおきくださいませ」

「ええ、こちらこそ。わたくしのことはぜひ名前で呼んでくださいませ。わたくしも、マーシャ様とお呼びしてもいいかしら？」

「もちろんです、オフィーリア様」

「マーシャ様のドレスのお色、とても素敵ですわね。まもなく咲くはずのチューリップのよう」

黄色の花ならばいくらでもあるのになぜチューリップなのか。

品種改良が盛んな花であるため今日のドレスと同じような色合いのチューリップはあるだろう。けれど、多くの人が思い浮かべる黄色のチューリップはもっと濃く鮮やかな色のはず。マーシャはすぐにピンと来た。

(黄色のチューリップには「望みのない恋」という意味があるはず。……すごいわ！　あの手記は預言書なのかしら？)

五代前の皇妃が残した貴婦人の嫌がらせ一覧の中に、似たようなエピソードが書かれていたから読んだばかりだった。

敵が約百年前からの伝統的手法を用いてくれたおかげで、マーシャはうまく対処できそうだ。

「ありがとうございます。……オフィーリア様はチューリップがお好きなのですか？」

「ええ、もちろんです」

「でしたら私、城内の庭園に黄色のチューリップが咲いたらオフィーリア様にプレゼントいたしますね」

マーシャは無邪気を装って、「その花言葉はあなたのほうがお似合いだ」と匂わせる。

「……ま、まあ……ありがとうございます」

オフィーリアの顔が一瞬だけ歪んだ。

一応、マーシャはうまく対処できたのかもしれない。

相手が敵対心を剥《む》き出しにしてくるため、応戦しただけなのにいい気分ではなかった。

ギディオンの隣に立つために必要な強さを持とうとしただけなのに、自分の性格が歪んでしまったような気がした。

ほんのわずかな沈黙が気まずい。それを打ち破ったのは侯爵の声だった。

「……そうだ、オフィーリア。ちょうど歳も近いことだし、この機会にサフィーク伯爵令嬢と友好を深めるといい」

「そうですわね。マーシャ様、あちらにわたくしが招待した友人が集まっておりますから、一緒に参りましょう？」

マーシャは今までまともに社交をしてこなかったから高位貴族の令嬢たちをほぼ知らない。ここは断らないほうが賢明だ。

ギディオンが「大丈夫か？」と目で合図を送ってきたので、マーシャは小さく笑って返事をする。

「ぜひよろしくお願いいたします、オフィーリア様」

フォローしてくれるギディオンがいない状況での初めての戦いだ。

「楽しんでおいで」

ギディオンはマーシャを引き寄せて額に軽くキスをする。

きっと今のキスはマーシャが皇帝の大切な女性であるという証明の意味合いがあるのだ。それがオフィーリアや侯爵に対する牽制になる。

「はい、陛下」

マーシャはお辞儀をしてからオフィーリアに続き、その場を離れた。

連れていかれたのはアーチ型の橋を渡った先だった。

美術館に収蔵されていてもおかしくないベルナルディーノの彫刻の前を通り過ぎたあたりに、日差しを遮る天幕が設置されていた。

入り口の付近の布は太いリボンと花でまとめられていて、可愛らしい。ここにオフィーリアの友人たちが集まっているのだろう。

丸いテーブルを取り囲むように座っておしゃべりを楽しんでいるのは三人の令嬢だった。

皆、マーシャよりも高位の貴族だ。

簡単な自己紹介が終わると、オフィーリアを含めた四人の令嬢たちは次々にマーシャに質問をぶつけてくる。

最初は教養を問う質問だった。

それぞれ絵画や歌劇などの話題に触れながら、マーシャの知識を試した。幸いにして、たまたま知っていた内容ばかりだったのでなんとか切り抜けることができた。

次は最近の流行についてだ。

マーシャも着飾ることは好きだったが、ここに集まるのは高位貴族の令嬢で、彼女たちが憧れる有名な宝飾品店の話などをされるとついていけなかった。

無理に張り合う必要はないため、マーシャはしばらく聞き役に徹した。

「皆様、素晴らしいですね。……とても参考になります」

謙虚な態度で、マーシャはその話題をやり過ごす。

「マーシャ様はそのメガネが魅力的で可愛らしいですから、服装などに気を遣われなくても十分人目を引きますもの。きっと無理に学ばれなくても大丈夫ですわ」

オフィーリアの発言に、ほかの令嬢がクスクスと笑いながら相づちを打つ。

要するに、メガネが不格好なのでどんなドレスを着ても意味はないと言いたいのだ。

「あら？　……でも、わたくし伯爵家の令嬢はドレスや宝飾品を買い漁――ゴホン、よくお買い物をされると噂で聞いていましたのに……？」

オフィーリアの隣に座る令嬢が、そんな疑問を投げかける。

「その方は後妻の連れ子でしょう？　マーシャ様はあまりこういった催し物に参加されていなかったはずですわ」

令嬢たちも、皇帝の婚約者となった者の噂くらいは事前に調査していたらしい。

本来なら、マーシャなど高位貴族の彼女たちが気にかける存在ではなかったはずだが、サフィーク伯爵家の事情は調査済みのようだった。

「では皇帝陛下とはどのようにお知り合いになったのですか？」

別の令嬢がたずねてくる。

「図書館です。陛下はかなりの読書家で、本の話をしているうちに自然と親しくなりました。もっとも、あの頃の陛下はご結婚をされるおつもりがなかったそうですが」

「では、マーシャ様を望まれたのは皇帝陛下の個人的な想いなのですね？」

まるでそれが悪いことのような言い方をしたのはオフィーリアだ。

「陛下のお気持ちについては、私が代弁してよいものではございませんので、どうかご容赦ください」

マーシャはそれでこの話題を終わりにしたかったのだが、オフィーリアが挑発的な視線を向けてそれを許さなかった。

「父が心配しておりますの。エグバート様に続き、陛下までもが一時的な恋愛感情に流され、誠実にお仕えしてきた者たちを蔑ろになさるおつもりではないか、……と」

元皇太子のエグバートには何人もの妃候補がいた。

オフィーリアもその一人で、未来の皇妃としてふさわしい女性になるべく教育を受けてきたのだ。

けれど候補と言っても、皇帝からの命があったのではなく、高位の貴族たちが当然そうなるべきと勝手に考えて、皇帝や皇太子に強く勧めていただけだという。

エグバートが臣に下りギディオンが皇帝になっても、皇妃候補は変わらない。彼女たちは元々エグバート個人ではなく次世代の皇帝との結婚を望んでいたのだ。

ところが新皇帝が選んだのは誰も予想をしていない平凡な伯爵令嬢だった。

アリングハム侯爵家を代表とした貴族たちが、ギディオンの選択をおもしろく思わないのは仕方がない。

「私の存じ上げている陛下は、一時的な恋愛感情だけで重要な決定をされるお方ではありません。誰よりも公明正大でいらっしゃいますから、そのような懸念は必要ないと思います」

うぬぼれに取られかねないが、マーシャはためらわずきっぱりと言い切った。

皇妃候補ならば、自分が無能でその地位にふさわしくないという発言をするほうがよほど問題になる。

それにきっと、ギディオンも同じように考えているはずだ。彼は愛する人を皇妃に望んだと言っていたが、単なるわがままとは違う。

彼はおそらく、高位貴族の令嬢から選ばないことにより、自身が傀儡《かいらい》となるのを避けようとしているのだ。「たまたま皇妃になれるくらいの身分」と以前に彼は言っていたが、単純に高ければそれでよかったわけではない。

「さすがは学者のお父上を持つ方のお言葉は違いますわね。ところでマーシャ様は、社交が大嫌いなひきこもりなのでしょう？　そのくせ多くの男性を手玉に取ることがお上手だとか。ねぇ、わたくしにも皇帝陛下にどうやって取り入ったのか教えてくださらない？」

オフィーリアはだんだんと取り繕うのやめ、隠せないほど棘のある言葉をぶつけてくるようになった。

「私が親しくしていた男性は、家族を除けば陛下だけですわ。多くの男性とは、具体的にはどなたでしょう?」

社交の場に出ても同性の友人とのおしゃべりしかしてこなかったマーシャにとっては、寝耳に水の話だ。

「それは、わかりませんけれど」

「……悪意のある方の根拠のない言葉に惑わされるなんていけませんわ。いったい誰がそのようなことを……」

しがない伯爵令嬢のマーシャは今まで異性関係で社交界に話題を提供したことなどない。あるのは地味だとか、ひきこもりだという噂だけだ。

「あなたの姉君がおっしゃっていたのですわ!」

オフィーリアが勝ち誇る。

意外な名前が出てきたものだから、マーシャは驚いて目を見開いた。

「では、姉をたしなめておきます。私が社交の場にあまり出ていなかったのは、伯爵位を継いでいる弟を補佐するためですわ」

「ご家族のおっしゃることが嘘だと言うの?」

ここにいる令嬢たちは基本的にオフィーリアの味方だ。

彼女が首を傾げると、口元を隠しながら「ありえませんわ」、「ねぇ？」と援護して、マーシャを追い込もうとする。

「家族……と言っても、血の繋がりはございませんから」

「なんて冷たいの！　やはりサンドラ様のおっしゃることのほうが本当のようね？　……マーシャ様は血の繋がりのない姉を認めず、虐げていると」

「え⁉」

虐げられている義姉に同情し、今にも泣きだしそうな顔で、オフィーリアはマーシャを非難する。

マーシャは言葉を失った。彼女の認識とは真逆のことを言われてしまったせいだ。

（言葉を間違えたかもしれないわ。だって一般的には先代伯爵の実娘で、現伯爵の実姉の私が冷遇されているなんて想像できないもの……）

しかも、社交界に出なかったのは弟の補佐をするためだと言ったばかりだ。

自らの意志で当主の手伝いをする立場だというのに、義母や義姉から嫌がらせを受けているという状況はなかなか理解してもらいづらい。

伯爵家の醜聞となるのを恐れ、虐げられていた事実を隠そうとしたマーシャの落ち度だ。

今の雰囲気ではなにを言っても信じてもらえないだろう。人は自分にとって利益のあるほうを信じたい生き物なのだ。

　そのとき、ふいに男性の声が響く。

「幸せになろうとしている妹の悪評を流す者の言葉など、聡《さと》い者なら聞き流すはずだが？　よくもまあ、そんな話を鵜呑《うの》みにできるものだな……」

　天幕の布をそっとどけ、やってきたのはギディオンだった。

「皇帝陛下！」

　オフィーリアを含め、そこにいた令嬢たちは慌てて席を立ち低頭しようとするが、その前にギディオンが制止した。

「自由な語らいの場に入り込んだのはこちらなのだから、どうかそのままで」

「はい、寛大なお心に感謝申し上げます……」

　オフィーリアの声がうわずる。ほかの令嬢たちも気まずそうにしながら、とにかく目立たないようにとうつむき気味に沈黙を守る。

「それで、私の知らないマーシャの噂があるらしいがどんなものだろう？　婚約者としては大変興味があるな」

　にこにことほほえんでギディオンは詳細を聞き出そうとした。

「わたくしはただ、サンドラ様がそのようなお話をされていたという噂を耳にして……」

「サフィーク伯爵家のサンドラ嬢ならば、誰よりも豪華なドレスを身にまとうことで有名だと聞いているし、実際に先日の舞踏会では妹よりよほど目立つ装いだった。それがマーシャに虐げられているだと？　おもしろいな……」

静かだが、ギディオンの声には他者を萎縮させる力があった。

「……申し訳ありません。なにか行き違いがあったのかもしれませんわ」

先ほどまでの強気な姿勢は消え失せ、オフィーリアは顔面蒼白《そうはく》になって言い訳をする。

「ではこの件はもういいだろうか？　……マーシャ」

「はい陛下」

「エグバートも招待されていたらしいんだ。ぜひ会ってほしいから一緒に来てくれ」

婚約者への呼びかけは、別人のように柔らかい声で甘ったるい。

「かしこまりました。……短い時間でしたが楽しいお話を聞かせてくださってありがとうございました。それでは皆様、失礼いたします」

マーシャは立ち上がり、淑女の礼をしてから差し出された手を取る。

そのまま天幕を出て橋を渡った。

「うまく立ち回れず、申し訳ありませんでした」

周囲に人がいないのを確認してから、そっとつぶやく。

「いいや、よくやっている。マーシャの姉君の行動力がこちらの予想を超えていたということだろう。……それに積極的に義理の家族を排除したがる君ではないからな」

「ですが、姉が嫉妬で嫌がらせをする事態は予想できるはずでしたのに、危機意識が足りていませんでした」

「大抵、真面目でそれなりの正義感を持っている者が損をするんだ」

それはきっと彼の経験から来る言葉だ。ギディオンが眉間にしわを寄せて語るから、マーシャは思わず笑ってしまった。

「……って、なにかおかしかっただろうか？」

「ごめんなさい。ギディオン様は昔から難しいお顔をされているときがあって、説得力があると思ったんです」

責任感が強いからこそ、ギディオンは今まで周囲に振り回され、きっとこれからも苦労性であり続けるのだ。そんな彼を尊敬しているのだが、同時に困った顔が可愛らしいとも思ってしまう。

「君の前で難しい顔なんてしていただろうか？」

「油断すると時々。でも私と話をしているときは違いました。疲れているのに、私にはそういう姿を見せまいとしてくれているのがわかって。……嬉しかったですけれど、寂しくもありました」

以前、マーシャのほうが東屋に遅れて到着したとき、一人で本を読んでいた彼の横顔がなぜだか苦しそうだったのをよく覚えている。

マーシャが声をかけると、それまでの表情が嘘のように柔らかくほほえんでくれた。感情移入して本を読んでいるわけではないのなら、どうしてそんな顔をしていたのだろうかと、マーシャは疑問に思ったのだ。

「ならば、これからは君に頼ろう。私は結構面倒くさい男だと思うが、嫌いにならないでくれ」

「……もちろんです」

どんな彼でもマーシャは知りたいと思う。だから迷わず頷いた。

そのまま歩いていくと、ベンチに座っている青年が手を振っている姿が見えた。

「叔父上！」

元皇太子エグバートは、まるで飼い犬がご主人様に尾を振るかのようにギディオンへの好意を隠さない。

髪の色と目の色はギディオンに似ているが、体つきはほっそりとしている。人好きのする代わりに威厳はまったく感じられない青年だ。

「はじめまして、サフィーク伯爵令嬢」

「お目にかかれて光栄です、クロスター公爵閣下」

臣に下ったと言っても、エグバートは貴族で公爵位を持っている。初対面のマーシャは、きちんと爵位名で彼の名を呼んだ。

「名ばかりの爵位だからぜひ名前で呼んでくれ。あなたは年下だけれども、義理の叔母となる人なのだから。私もマーシャ殿と呼ぼう」

「はい。……それでは、エグバート様」

「その……、私は君に謝らなければいけないと思っている」

「謝る？」

「マーシャ殿と叔父上は昔から恋人同士だったのだろう？　それで叔父上は私のために結婚をしないつもりだったから、あなたは身を引くしかなかったと聞いたんだけど」

「え……？　そんな関係ではなかったような……」

あの図書館の東屋で会っていた頃、二人はそういう関係だったのだろうか。マーシャは疑問に感じきょとんとなった。

するとギディオンが咎めるような視線を送ってくる。

「臣に説明するために、ほんの少し大げさには言ったかもしれないが、基本的に間違っていないはずだ。君は私のことが昔から好きだったし、私もそうだった。……君の唇を奪ったし、その先――」

「わぁぁっ！　やめてください」

キス以上の行為もしたなどとギディオンが語りだしそうだったため、マーシャは慌てて彼の口に手をあてて言葉を遮る。

きっと、恋人という言葉を否定したから意地悪をしたのだ。

キスや未遂であったもののそれ以上をしてしまった関係を恋人だと認めないのなら、マーシャは身持ちの悪い女性になってしまう。

「私とマーシャは恋人同士で間違いないよ。……それで？」

ギディオンは自分の口を塞ぐ手を無理矢理どけてから、エグバートに続きを促す。

「私がもっとしっかりしていれば、お二人が遠回りすることもなかったでしょう。もしかしたら皇弟の夫人としてもう少し穏やかな暮らしが望めたかもしれない。だから、申し訳ないっ！」

「い……いいえ、顔を上げてください。私は……そんなふうには思っていません」

エグバートに会う前のマーシャの中には、どうしてギディオンだけが独身を貫かなければならなかったのか、どうして皇太子は自分が抱えきれなくなったものを押しつけたのか、という憤りが存在していた。

けれど、エグバートのあまりにも真《ま》っ直《す》ぐな性格に驚いて、非難の言葉はすっかり引っ込んでしまった。

「ですが、マーシャ殿……」

マーシャは静かに首を横に振った。

「ギディオン様とエグバート様の関係が少しでも違っていたら、きっと私はギディオン様と出会っていなかったと思います」

ギディオンがあの頃頻繁に図書館を訪れていたのは、皇弟として目立つ行動を控えていたからだ。出会ったきっかけも、あの日に別れを選択するしかなかった理由も、結局どちらも皇位継承問題に繋がっている。

いろいろな人の思惑や立場が絡まっていて、誰か一人を非難することなどできない。

「エグバート……。以前、私がマーシャの手を取らなかったのも、再び求めたのも……結局は私自身の選択だ」

「叔父上……」

「大声では言えないが、面倒な役割を押しつけるなとは思っていた。……私が言えるのはとりあえずマーシャがいれば私はこの上なく幸せだということだけだ。だからエグバートも罪の意識を抱いて生きていくような不毛な思想は捨てることだ」

皇帝という地位を「面倒な役割」と言い切ってしまうギディオンは本当に強い人だった。

甥に対し、突き放すような言葉をぶつけるがそこにはきちんと愛情がある。

「はい、必ず……。ありがとうございます、叔父上」

そんな約束をして、二人はエグバートと別れた。

第四章　二人でダンスを

城へ帰る馬車の中、ギディオンはウトウトして寄りかかってきたマーシャに肩を貸してやった。最初は遠慮して必死に目を閉じないようにしていた彼女だが、手を握ってやると赤子のようにすんなり眠ってしまった。

ギディオンは愛おしい婚約者のぬくもりを感じながら、彼女と出会った頃を思い出していた。

第二皇子として生を受けたギディオンは、二十歳を超えるまで自分の能力をあえて隠すようなひかえめな性格とは縁遠かった。

皇族なのだから、誰よりも勤勉であるのが当然だと思っていたのだ。

博識であろうとしたし、有事の際は軍を率いる将となるために兵法を学び、馬術や剣術も一流であるべきだと考えていた。

それが、皇帝である兄を支える理想の弟だと信じていたのだ。

そんな中、甥である皇太子が暗殺されかけるという事件が起こった。

犯人は皇太子の近侍で、動機はギディオンを次期皇帝にするためというものだった。

兄や甥を支えるための努力が、逆に二人を脅《おびや》かしている。

その事実はギディオンに衝撃を与えた。

幸いにしてエグバートに怪我はなかったのだが、この事件をきっかけにギディオンは皇太子の影であることを己に課した。

それからしばらくして、暇を潰すためにお忍びで通っていた図書館で出会ったのがマーシャだった。

懸命に本を取ろうとして支えきれず、重たい本の角が頭に直撃するという失敗をした彼女のことが放っておけなかった。

らしくないと思いながら、ギディオンはマーシャを東屋に誘った。

クルクルと変わる表情が子犬みたいで可愛らしい。素直なマーシャからは、ギディオンへの好意が透けて見えていた。

ギディオンもそんな彼女を愛おしく思うようになり、もっと彼女を翻弄し、自分のことしか考えられなくしてやりたいという欲望に支配されるようになった。

だんだんと座る位置が近づき、恋人の距離感になっていく。

(私が何者か気になっているだろうに、聞いてこないんだな……)

マーシャはおっちょこちょいな部分はあるが、聡い娘だった。

どれだけ親しくなってもギディオンの名や身分を問い質《ただ》すことはなかったし、はっきり恋人になりたいとは言わなかった。

きっとギディオンにそのつもりがないとわかっていて、このままの関係を続けることを望んでいたのだ。

もちろんそれは、女性に対して不誠実で無責任な行動だとわかっていた。

それでも彼は、年下の女性の優しさに甘えて束の間の平穏な時間を甘受し続けた。

政には関わらないという姿勢を貫こうとしていたギディオンに転機が訪れたきっかけも、またマーシャだった。

ギディオンは、役人から賄賂を要求されて困っていた彼女を救うため、久々に皇弟としての地位を利用した。

この一件では、改めて皇帝や皇族の権力が形骸化しているのを思い知らされた。

わかりやすい不正をしている高位貴族の役人を処罰することは、そんなに難しくなかった。

けれど、不正が起こりやすい仕組みを変える力が今の皇族にはない。

富を得たいだけの大貴族からの進言を無視できず、言いなりになっている今の状況では一人の役人だけを処罰しても意味がなかった。

個人を罰しても、第二第三のあの男のような者が湧き出てくるだろう。

「どう動いても、私という人間は矛盾してしまうな……」

マーシャにキスをしてその先に進もうとしたのはギディオンの甘えだった。

なぜ自分だけが本来持っている権利を全力で行使できないのかという憤りを、彼女にぶつけた結果の愚行だ。

翌週、マーシャは図書館へ来なかった。

ギディオンが越えてはいけない一線を越えようとしたから、マーシャが身を引いたのだとすぐに悟った。

「マーシャ……」

正体を明かさず、心地よい関係でいるために不誠実な行動をしているという自覚のあったギディオンがこれ以上彼女を振り回していいはずもない。

常に皇族として正しくあることを己に課していたギディオンは、本気の恋などしたことがなかった。マーシャは初めて心から愛おしいと感じた相手だ。なにもかも捨てて自分勝手に生きてみたいと思っても、やはり彼にはできなかった。

だからギディオンは別れを選んだ。

ある日、すべてをあきらめかけていたギディオンのもとを、皇太子エグバートが訪れた。

「叔父上、おそらく私が妃候補の誰かと婚約を結べば、きっとその生家が絶大な権力を持つようになるでしょう。……皇帝は操り人形だ。私だけではなく、その子供も、孫も……」

皇帝一人がすべてを決められる国は危うい。だからと言って特定の貴族が権力を掌握している状況も同じように危険だった。

皇帝と貴族は互いを監視し合う関係こそ理想なのだ。

今、そのバランスが極端に貴族側に傾いていた。

「エグバート、なにをするつもりだ？」

「わかるでしょう？　私ではだめなんですよ。もっと強い人でないと……。申し訳ありません、叔父上」

そう言って彼は、皇太子の地位を退くつもりであることをギディオンに打ち明けた。

世間では気の弱い皇太子が「愛に生きる」という衝撃的な理由で臣に下ったという話になっている。

実際に皇太子の想い人は下級貴族の娘で半分真実なのだが、半分は間違っている。

エグバートは自分の代で皇帝が完全な傀儡となる事態を回避するために動いた。唯一できた抵抗が皇位継承権の放棄だけだったのだ。

「エグバート……君は……！」

甥に対しまず感じたのが憤りだった。

どうして逃げるほうを選び、貴族たちに反発することを選べないのか。

だったらなぜ、ギディオンは目立たないように生きなければならなかったのか。

不条理の原因である甥に、怒りをぶつけた。

「叔父上は私を皇帝にするために、いつも犠牲になってきた。……ですが……、私はそんなことは望んでいなかった！」

エグバートは自分のためにわざと手を抜き犠牲になっている叔父に、ずっと罪悪感と劣等感を抱いていたのだ。

エグバートを苦しめていた者の一人はギディオンだった。それを自覚したとき、ギディオンも覚悟を決めた。

「……わかった。茨《いばら》の道かもしれないが、私はこの場に踏みとどまって足掻《あが》き続けるよ」

エグバートは深々と頭を下げてからギディオンに背を向けた。

（さて……。私が皇帝となるのなら妃の選定だけは好きにさせてもらおうか）

現在名前があがっている高位貴族の令嬢から選ぶのは論外だ。

そして、ギディオンが共に歩んでいきたいと思える相手はただ一人だった。

結局皇帝の地位さえ、ギディオンは自らほしいと思って手に入れたものではない。皇族に生まれた者の責任で逃れられないだけだ。

大切な人には平凡で穏やかな生活を送ってもらいたいと願う気持ちもあるが、それ以上に彼女をほかの誰にも渡したくないという独占欲が抑えられなかった。

その後、ギディオンはすぐにマーシャを皇妃にするための根回しを始めた。

サフィーク伯爵家にマーシャを皇妃に迎えたいと打診したら、彼女にはすでに婚約者がいるという理由で断られたときは絶望的な気分だった。

義母ジェナはギディオンとマーシャの個人的な関係を知らなかったようだ。

皇帝との縁談は伯爵家の令嬢宛てだったと解釈したらしい。先代伯爵の実娘だからマーシャが優先されたが、皇帝が気に入れば義姉のサンドラが代わりになれると思い込んでいるところがあった。

舞踏会の日、ようやくマーシャに再会し、血の繋がらない家族が彼女にとってどんな存在かを悟ったギディオンは、すぐにマーシャの保護へと動いた。

そうしなければ、義母がマーシャに適当な男との結婚を強いる可能性があったからだ。

（それにしても、先代サフィーク伯爵が毒にしかならない者を後妻に据えるとは。……病で心が弱っていたところをつけ込まれたのだろうか？　調べたほうがよさそうだ）

賢い人物でも、色恋にだけものすごく残念という実例はいくらでもある。

ただ、マーシャ――というより、彼女の弟の立場を守るため、義母たちを遠ざけたいというのがギディオンの考えだ。

試しにウォルトに家庭教師をつけるという名目で、ギディオンが信頼している者を伯爵家に送り込もうとしたが、義母に拒絶されてしまった。

ギディオンはあくまでも清廉潔白《せいれんけっぱく》な皇帝であるため、私的な理由で権力を振りかざすことはできない。

義母たちへの対応はまだ時間がかかるだろう。

二人の結婚を邪魔しようとする者は、ほかにもいる。けれどこの件に関する苦労は、ギディオンになんの苦痛も与えない。

たった一つだけ、皇族としてではなくただの人として本気でほしいと願ったものが、自分の手の中にあるのだから。


「ん……」

マーシャの身じろぎで、ギディオンの意識が現実に引き戻された。肩にもたれかかっているだけだと、姿勢が安定しないのだ。

ギディオンは起こさないように注意しながら彼女を横たえ、膝枕をしてやった。

「メガネが邪魔だな」

メガネのフレームが曲がったら大変だ。ギディオンは彼女のメガネをそっと取り外した。

一般的な視力のギディオンが覗《のぞ》くと、それだけで頭痛が起きそうだった。

「寝顔はしっかり者には見えないんだが……」

正式な婚約者となってからのマーシャはギディオンが予想していた以上によくやっている。

教師陣からも「ダンス以外は完璧です、ダンス以外は！」と言われている。彼女は元々記憶力がよいうえに勤勉だ。

ある部分はとてもしっかりしているのに、ある部分は抜けている。

ギディオンはそんなマーシャが愛おしくて、ついからかいたくなってしまう。

眠っているのをいいことに、彼女の頬を指でつついて遊ぶ。

「……ん、ギディオン……さま……」

目を閉じたままだから、これは寝言だ。

彼女の見ている夢の中に自分が存在しているとわかっただけで、ギディオンの胸は熱くなる。

「だめだ。……君の欠点は、可愛すぎるところだな……」

自分でもただののろけだとわかっていたが、ギディオンはつい本音をこぼし、眠っているマーシャを愛《め》で続けた。

◇　◇　◇

侯爵邸の茶会から数日後、今日もマーシャはダンスのレッスンに励んでいた。

最初の頃よりはかなり成長していて、何度かミスをしながら曲を止めずに最後まで踊りきることができたが――。

「時間が空いたから見に来たのだが、……本当に感心するほどの運動音痴だな」

いつのまにか、ギディオンが教師の横に立っていて、そんな感想をこぼす。曲の途中で女官たちが一瞬だけざわついた気がしていたのだが、どうやら原因は彼の登場だったようだ。

マーシャはメガネをはずしていたし、パートナーの動きだけに集中していたため、皇帝の入室にはまったく気づかなかった。

「真剣にやっていますので、からかわないでください！」

レッスンを始めた当初、どれだけ酷かったか知らないから、彼はそんな意地悪を言うのだろう。

マーシャだって真面目に取り組んでいるし、成長もしているはずだった。

「すまない。今日は私がパートナーを務めよう。当日、私と踊るんだから二人での練習は必要だ」

「もう少しまともに踊れるようになってからでないと、ギディオン様のお時間を無駄にしてしまう気がします」

ギディオンは多忙だ。まずはマーシャが人並みに踊れるようになってからでないと非効率ではないだろうか。

マーシャは遠慮しようとしたが、その前にギディオンがツカツカと歩み寄って強引にパートナーが変わった。

「君と一緒に過ごせるなら、なにをしていても無駄ではない。以前からそうだった」

マーシャとギディオンが出会ったのは図書館で、毎週他愛《たあい》もないおしゃべりをして過ごしていた。マーシャの好きな探偵小説の話、そこから発展して最近都で流行っているものの話――どれも皇族には必要のない話題ばかりだった。

ギディオンはそんな日々を肯定してくれる。

「……そう、ですね」

ギディオンは無言でマーシャの頬に軽く触れる。

そこが赤くなっていると指摘しているのだ。メガネがないせいで離れた場所にいる女官や教師の表情はわからないが、初々しい恋人たちを暖かいまなざしで見守ってくれているのだと簡単に想像できてしまう。

（恥ずかしい……）

皇帝とその婚約者が仲睦《むつ》まじいのはよいことのはずだから、ギディオンの態度を咎められない。マーシャは早く曲が始まってくれないかと本気で思った。

「あと半歩、私のほうへ近づいて。君は手を添えるだけでいい」

「……は、はい」

無意識に距離を取ろうとして引き寄せられる。

男性役を引き受けてくれていた女官より、ギディオンのほうが長身でたくましい。腕の位置は自然と高くなり、普通だったら疲れるはずだ。

けれどギディオンがしっかり支えてくれるから、信じて委ねていれば疲労は感じない。

やがてピアノの演奏が始まる。

（あ、合わない……、本当に合わない……）

歩幅、ステップを繰り出す速度、男装した女官と踊っていたときとはなにもかもが違っている。ただし、合わないと感じたのは短いあいだだった。ギディオンのほうが修正し、マーシャに合わせてくれるのがよくわかる。

意外にも、そのまま無難に曲の半分まで進んだところで、ギディオンの動きが止まる。

「少し確認させてくれ。……マーシャはなぜメガネをはずしているんだろうか？　周囲になにがあるかわからないまま踊るのは恐ろしいだろう？」

「公式行事の場にそぐわないと考えたからです」

アリングハム侯爵邸の茶会では人の顔と名前を一致させるためにメガネをかけていたのだし、視力が悪いという事実を貴族たちに隠すつもりはなかった。

皇帝の誕生日を記念して開かれる舞踏会は、皇妃になる予定のマーシャが臨む初めての公式行事であり、正式なお披露目の場だ。

これから国内の貴婦人をまとめる立場になるのだから、できるだけ美しく欠点のない女性でいようと思い、マーシャはメガネをはずしていたのだ。

「私はメガネのマーシャも好きだよ。……雑学が多すぎるのがほほえましいところだが、その目は教養を手に入れた代価だ。視力が悪いことなど、どうせ皆知っているのだから気にする必要はない」

「でも」

夜の正装にメガネという組み合わせがエレガントではないと勝手に考えていたのはマーシャであり、誰に強要されたわけではない。

ただ、この国の淀《よど》みを解消しようと奮闘している理想的な皇帝であるギディオンの隣に立つ者として、地味な印象を与えるメガネが恥ずかしかったのだ。

「踊るとき周囲になにがあるか見えないのは不安だろう。そのせいで集中できていないからステップを覚えていてもすぐに乱れる」

的を射た指摘だった。

一歩踏み出した先に段差があったとか、人にぶつかったとか、マーシャにはそんな経験が何度もあり、見えないことが怖いのだ。

だからメガネをかけていないときは、少しでも見えていないものを感じ取ろうとして目をこらす。ギディオンの指摘したとおり、そのせいで気が散って、覚えたはずのステップを間違えているのかもしれない。

「でも練習すれば改善できるはずです」

　ギディオンは首を横に振る。

「いいからメガネをかけてごらん。これは命令だ。……君の素顔を間近で見られるのが私だけというのは悪くない」

　女官がそっと近づいて、マーシャのメガネをギディオンに手渡す。ギディオンは慣れた手つきでマーシャの耳にテンプルをかけた。

　ぼやけた視界が一気に鮮明になる。

「私を信じて。……合わせるのではなく委《ゆだ》ねて……。それだけでいいから」

　マーシャは頷いて、素直に彼の言葉に従った。

　もう一度、始まった演奏に合わせ、ステップを始める。

（合わせるのではなく、委ねる……）

　言われた言葉を反すうし、身体から力を抜く。マーシャは今までギディオンと同じ歩幅がどれくらいかを一歩一歩考えながら足を動かしていた。

　委ねるというのは、そういうことではなかったのだ。ギディオンに導かれるまま、自然に動くだけで流れるようなステップが踏めた。

（もしかして、うまく踊れている？）

　初めてダンスが楽しいと思えた瞬間だった。

　視界は前よりはっきりしているのに、周囲になにがあるのか気にならない。ギディオンだけ

を見つめて、彼を信じていればいい。

ギディオンだけ——そう強く感じた瞬間、マーシャはなぜか我に返った。

急に彼の見せる甘ったるい表情が気になってステップが乱れてしまう。

「あ……っ！」

先ほどまで無意識でできていたことができなくなる。結果としてギディオンのつま先を踏みつけてしまった。

「いいから、楽しんで」

「は、はい……」

マーシャはどうにか心を落ち着かせて、覚えたての感覚にもう一度身を委ねた。

一歩前進している気はしていても、生まれ変わったように完璧なダンスができるわけではなかった。

「私も靴に鋼を入れてくればよかった」

ギディオンが苦笑いを浮かべた。

「ご……ごめんなさい……」

結局それから二回、合計三回ギディオンの足を踏みつけて曲が終わった。

体力のないマーシャは一曲踊りきるだけでわずかに息があがる。今回に限っては疲労と同時に達成感も味わうことができた。

見守っていた女官たちが拍手を始める。

「素晴らしいです、マーシャ様！　いつもなら十回は相手の足を踏んでいたあなた様が三回しか踏まないなんて」

男性役を務めている女官は、心からマーシャの成長を喜んで涙ぐんでいる。

三回足を踏んでいるという低い基準での賞賛は、言われている本人にとってはかなり恥ずかしい。相手に悪気がないのがあきらかだから、マーシャも喜んだふりをするしかなかった。

「陛下のリードもお上手で、なによりお二人の仲のよさが垣間見えてうっとりしてしまいます。そのおかげですべての失敗を許したくなりますね」

「足を踏まれても、陛下ならきっと態度に出さずに乗り切ってくださいますわ」

ほかの女官たちの感覚がずれているのも、マーシャのせいなのだろうか。

それから二曲続けて踊ると、ギディオンは執務に戻ることになった。

去り際にギディオンが耳元に顔を寄せてきた。

「マーシャ、今夜君の部屋に行くから眠らないで待っていてくれるか？」

「……っ！」

用事があるから部屋を訪れるだけだと誤解できたら平静でいられたのに、彼の熱を帯びた声は別の解釈をする余地を与えない。

マーシャは小さく頷くのが精一杯で、もうギディオンの顔を見ることができなかった。

レッスンに付き合ってくれたお礼も、執務に戻る彼を気遣う言葉も出てこない。

ギディオンはそんなマーシャの額にキスをしてからサッと立ち去った。

ギディオンのささやきは聞こえていなかったはずだというのに、女官たちはすべてを心得たという様子でマーシャの真っ赤な顔を指摘せずにいてくれる。

その気の利かせ方が余計にマーシャを追い詰めているのだ。

ギディオンのせいでせっかく覚えたダンスのコツをすっかり忘れ、マーシャはこの日も教師に叱られてしまった。

◇◇◇

夜になり、マーシャは念入りに入浴を済ませたあと、寝間着の上にガウンを羽織ってギディオンの訪れを待っていた。

忙しいのか、彼はなかなかやってこない。

ソワソワとした心地を紛らわすために、マーシャは弟への手紙を書くことにした。

ウォルトの希望もあり、今のところギディオンもマーシャも、伯爵家の事情には介入できずにいる。

だからせめて頻繁に手紙のやり取りをして、ウォルトの近況を少しでも知っておこうと考えていた。

まずは城での暮らしがどんなものかを綴る。

妃教育は順調だけれど、ダンスが下手すぎて困っていること。側仕えの女官たちは優しく、いつもマーシャを気遣ってくれること。そしてなによりギディオンが……。

「ギディオン様のことは書きたくないわ！　でも書かないとウォルトが心配するかもしれないし……」

新皇帝となったギディオンは、毎日精力的に皇帝としての職務に勤《いそ》しんでいる。

多忙な彼とはずっと一緒にいられるわけではないが、ちょっとした時間に会いに来てくれるのが嬉しい。

尊敬できる人で、私人としてはマーシャをどこまでも大切にしてくれる。公人としてはマーシャに対し立派な皇妃になることを求めている厳しい一面もある。

彼に必要とされていることが嬉しく、やりがいを感じていた。

そんな気持ちを文にしたためると、どうやっても「のろけ」になってしまう。けれど皇帝と結婚するために城で暮らしているのだから、彼のことを書かないわけにもいかない。

羞恥心と弟を安心させたいと思う気持ちのせめぎ合いで、ペンが進まない。何度も書き直しをしてようやく納得のできる内容となった。

最後に、ウォルトの近況を知らせてほしいことと、定期的にウォルトを城へ招きたいという一文を添えて封をした。

使ったペンや便せんを棚に戻していると、ギディオンがやってきた。

「遅くなってすまない」

文面に悩んでいたせいで気づかなかったが、いつのまにか日付が変わる時刻になっていたらしい。マーシャは彼のほうへ歩み寄った。

「手紙を書いていたのか？」

机の上に残されていた手紙に視線を落とし、ギディオンが問いかける。

「はい。弟に近況を知らせたいと思いまして。……もう終わりました」

マーシャの声はわずかに震えてしまう。きっと今夜、ギディオンはマーシャを抱くのだろう。

純潔を捧げたときも、庭園を散歩した日も、ギディオンは予告なくマーシャを求めた。

心の準備をする時間が与えられない代わりに、深く考えたり悩んだりする余裕もなく愛を確かめ合う行為が始まったのだ。

今夜はあらかじめ宣言されていたせいで、自然な振る舞いができない。

「仲がいいな。……おいで」

言葉と同時にギディオンがマーシャを引き寄せて、ベッドのほうへ誘う。

「お疲れではないのですか？」

マーシャは素直に従えなかった。

ギディオンに望まれているのならば応じたいと思う一方で、睦み合いにはまだ慣れない。だから深夜までの激務を言い訳にして、つい逃げ道を探してしまう。

「疲れているからこそ、君が必要なんだ」

「そういうものですか？」

痺れを切らしたギディオンがマーシャを抱き上げて、丁寧な手つきでベッドに下ろす。

こういうとき、マーシャは自分がお姫様になったかのような錯覚をしてしまう。

「ああ、……今夜はとびきり優しく扱おうか？　これまで、自分でも恥ずかしいほど余裕がなかったから」

マーシャはごくりとつばを呑み込んだ。

優しい言葉のはずだが、なぜだか先に進むのが恐ろしい気がした。

座った状態でガウンが脱がされて、薄い寝間着一枚をまとうだけになる。

真っ白な寝間着は城で暮らすようになってから女官が用意してくれたものだ。胸元のリボンとさりげないレースが素敵で、マーシャのお気に入りの一着だった。透けてはいないが身体のラインがはっきりわかる姿を彼に見せるのはかなり恥ずかしい。

「可愛い、な……。私のために？」

「聞かないでください」

見られるかもしれないと思ったら、できるだけ自分をよく見せようと準備するのは当然ではないのか。

　わざわざ指摘してマーシャの反応を楽しむギディオンはずるい人だ。

「言葉にしなくても態度だけで私への好意が丸わかりだ。……マーシャ、君の素直さにどれだけ私が救われてきたかわかるか？」

　持っている能力を隠すことを己に課し、皇帝となってからも貴族たちとの腹の探り合いばかりで心を許せる者が少ないのだろう。

　マーシャだって、羞恥心からギディオンに対して素直な言動ができないこともある。それでも表情やすぐ真っ赤になる頬のせいで彼はマーシャの心を疑わずにいられるのだ。

　マーシャも、警戒する必要のある相手に対してはこうではない。

「逆だと思います」

「なにが？」

「私が素直だったとしたら、それはあなたの影響です。結ばれないはずだった十六歳の頃ですら、私はギディオン様の好意を疑っていませんでした」

　彼が向けてくれる感情が親愛なのか特別ななにかなのかわからず、せつない気持ちになったことはあるが、嫌われていると思ったことは一度もない。

　ギディオンが先に好意を隠さずにいてくれたから、マーシャは安心して素直でいられたのではないだろうか。

「私が先？」

　その指摘にギディオンが大きく目を見開いた。しばらく押し黙り、急に笑いだす。

「……ハハハッ、そうか……私が……。だったら私がもっと深く愛せば君はそれに応えてくれるというわけだな……？」

　ギディオンの瞳が欲望でギラついた気がした。挑発するかのような態度は、マーシャが安心できる優しさや好意とは少し違っている。

「今のは意地悪だから、私も意地悪で返します！」

「やってみればいい」

　どうせできるはずがないという態度が憎らしくて、マーシャは頬を膨らませた。

　ギディオンの手が伸びてきて頬をつつく。すぐに唇が塞がれて、マーシャは怒りを態度で示す方法を奪われた。

「ん……んっ、……ん」

　キスをしたまま、ギディオンはマーシャを強く抱きしめてベッドに押し倒した。

　仰向《あおむ》けの姿勢だと、覆い被さった彼から逃れる術がない。呼吸すら忘れてしまいそうなほどの激しいキスのせいでなにも考えられなくなった。

　柔い舌同士を絡めるのがたまらない。硬い歯のかたちを丁寧にたどられるのも、内頬を押されるのも全部が心地よい。

マーシャは彼も同じように感じてほしくて積極的に深いキスを求めた。

やがてギディオンの右手が寝間着の胸のあたりに触れた。シュルリとリボンが解かれると胸元がたやすくあらわになった。

乱れた合わせから大きな手が侵入し、柔らかい膨らみにたどり着く。

チュッ、と音を立てて唇が離れる。マーシャがキスが終わってしまったことを名残惜しいと思えたのはほんのわずかな時間だ。

ギディオンが乱れた寝間着から無理矢理胸の膨らみだけを露出させ、そこにむしゃぶりついた。

「や……っ！　恥ずかしい。……あぁ……」

中途半端な格好は胸だけを強調しているみたいで、はしたなく思えた。

マーシャは彼の肩を強く押して抵抗を試みるが、仕置きのように甘噛みされてとたんにとろけてしまう。

「脱がせるのがもったいないから、このままで」

寝間着を脱いでいないし、メガネもかけたままだった。彼によって柔らかな胸が歪んでいく様子も、欲望を宿した彼の表情も鮮明で、それを見ているだけでマーシャの身体はどんどんと昂っていく。

「ギディオン様……あぁ、そこ……弱いから……っ！　優しく……」

両手で双丘を掴みながらこね回し、先端がチロチロと舐められる。ギディオンに対して素直すぎる身体はすぐに感じていることを彼に伝えた。

胸の先端は硬くなり、もっともっとと彼を求めている。下腹部に違和感を覚えてついもじもじと脚をすり合わせてしまう。

「優しくしている。……君がたくさん感じられるように……」

たった二回の交わりだけで、ギディオンはマーシャの身体を本人よりもよく理解してしまったのだろう。

交互に胸の頂を舐《ねぶ》られながら優しく全体に刺激が与えられると、身体の奥の疼きが止まらなくなる。

お腹の中がせつなくて熱い。彼を求めている証拠が蜜になって体内から溢れ出す。

胸は感じるけれど、欲張りなマーシャはそれだけでは足りなくなっていく。あの身体が弾けてなにも考えられなくなる瞬間を味わいたくてたまらないのだ。

それでもギディオンはしつこく胸ばかりを愛し続けた。

先端は赤く充血し、痛いほどだ。柔い部分にもたくさんキスが与えられ、花びらのような痣が散っている。

こんなに心地よいのに、絶頂に至る感覚と種類が違う。

それがだんだんともどかしくなっていく。

「……ギディオン様、……もっと……」

きっとこれは、ギディオンの意地悪だ。

マーシャがどれだけギディオンの与える快楽に溺れているかをわからせるために、彼はわざと中途半端な心地よさだけを与えようとしているのだ。

「もっと？　どこがいい？」

満足げにほほえんだギディオンが問いかけてくる。

言葉では到底言えないし、脚を広げてわからせるわけにもいかない。マーシャは泣きたい気持ちになりながら、うわごとのように「もっと」を繰り返した。

それでようやくギディオンが願いを叶えてくれる。

寝間着の裾がめくられて、腹のあたりでグシャグシャになる。ドロワーズが一気に下ろされ、秘めたる場所を守るものはなくなった。

ギディオンがマーシャの両脚を掴み、そっと開かせる。そのままゆっくりとひかえめな花びらを指でどけて蜜が溢《あふ》れ出てくる場所を確認した。

「もう熱くてトロトロだ」

クチュ、クチュ、と水音が響き、マーシャはどれだけ自分が感じていたかを自覚していく。

「だってギディオン様が触るから……う、あぁっ」

するりと指が深くまで入り込むとわずかな異物感がある。けれど同時に喜びを感じ、受け入れたばかりの指をキュ、と締めつけた。

「咎めてはいないよ。素直で可愛いだけだ。……ほら、感じていい」

ギディオンが整った顔を濡れそぼつ花園に近づけた。

初めて繋がった日も同じようにされたから、どうなるかはわかっている。マーシャは期待と恥ずかしさが限界を超えていて大した抵抗もできなかった。

「……あぁっ、あっ、……はぁっ、うぅ」

ザラついた舌が花びらのかたちを丁寧になぞり、小さな豆粒をつついて包み込む。

押しつぶされてから解放されるという動きを繰り返されると、弾ける予兆を感じはじめる。

「こんなに震えて……ここを舐められるのが好きなのか？」

ギディオンは余計な質問をぶつけてから、すぐに奉仕を再開する。答えようとしても、あとからあとから快感が迫り上がってくるせいでままならない。

「うっ、……ぁっ、あ！」

「男も女も、……皆、このあたりを愛されるのは心地よいはず。……ほら、君だけじゃないから達しても恥ずかしくなんてない」

触れるか触れないかの距離を保ったままで言葉を発すると、ギディオンの息が敏感な場所をかすめる。わずかな刺激だからこそこそばゆくてどうしようもない。

「ふっ、ぁっ。……男の人……ギディオン様も……？」

快楽に溺れ鈍った思考でも、彼のその言葉が気になった。

「どんなふうに触れられても心地よいものだからな。……おそらく……」

「じゃあ、私も……私が……ギディオン様に……あ、あぁっ！　あ……」

男性の敏感な場所というのがどこを指すのか、マーシャは正しく理解していた。

交わるときだってそこに刺激を加えて昂り、やがて精を放つのだ。ギディオンの男の象徴にキスをすれば、彼を今のマーシャと同じ状況にできるとしたら？　――試してみたいと思うのに、ギディオンが邪魔をする。

舌の動きが速くなり、同時に内壁の弱い場所に指が這う。

「だ……だめぇっ、あぁ……もう、あぁっ、あっ」

急速に絶頂へと向かっている。

もう自分では戻ることができない。マーシャはシーツをたぐり寄せ強く握りしめながら、身体が浮き上がらないように耐える。

「ギディオンさ、ま……っ！　あぁ、あ……あぁぁぁっ！」

ドッと汗が噴き出した。絶頂は恐ろしく、股ぐらにあるギディオンの頭を脚で挟み込み思わずギュッと力を込めた。

その瞬間、快楽が弾け、一瞬にしてつま先から頭まで衝撃が駆け巡った。

「はっ、……あぁ！　……あぁっ、怖い……っ、止まらな……い」

一度弾けてしまうと、あとはひたすら激流に揉まれ続けるしかなかった。自らもっとほしいと欲張って彼におねだりをしていたのに、達するときは自分が自分でなくなるような不安感に襲われる。

身体が強ばり大げさに痙攣しながら、マーシャは昂りが静まるのをひたすらに待つ。

「はぁ……はぁ……、ギディオン様……」

急に身体が弛緩《しかん》すると、今度は腕を動かすのも億劫《おっくう》になってしまう。

マーシャはこんなふうに一方的に与えられるだけの関係は望んでいない。だから懸命に腕に力を込めて半身を起こす。

「私も……、ギディオン様に……」

許可を得ないうちに彼に抱きついて、首筋にキスをした。手間取りながらシャツのボタンをはずし、あらわになった硬い胸にもキスをする。彼を真似《まね》て強く吸いつき、今晩愛し合った証を刻む。

トラウザーズ越しに秘部に触れると、そこはすでに硬く勃ち上がっていた。マーシャと交わりたくてそうなってしまったのが嬉しい。だからマーシャはトラウザーズをくつろげて、太く硬い竿を取り出した。

「……ギディオン様、ここ……キスをしても……いいですか？」

「だが……」

「私も、したいです……。だめ？」

「だめなはずないじゃないか……」

マーシャはコクンと頷いて、乱れた自身の髪を耳にかけてからいきり立つ象徴に顔を近づけた。手で軽く握り、唇を唾液で濡らしてからためらわずキスをする。一回だけでは足りないはずだと考えて場所を変えて何度も唇を押しつけた。

「……フッ」

ギディオンが短く吐息を漏らす。どういう意図かわからず、マーシャはわずかに顔を上げて、彼の様子をうかがった。

目が合うと、彼は笑いをこらえているのだとわかる。

「変でしたか？」

先ほど、ギディオンが男も女もこうしたら感じると言っていたからそうしたのに、なにか間違ってしまったのだろうか。

「いや……。積極的なわりには拙くて可愛いから」

「ごめんなさい」

「マーシャ……もう我慢できない。舌を出して、ここに這わせて……」

ただ軽いキスをするだけでは足りなかったのだ。マーシャは素直にギディオンの言葉に従った。竿の部分に舌を這わせ、チロチロと舐めあげる。

「いい……な。……上手だ……」

今度は彼に快楽を与えることができているのだと声でわかる。だから懸命に彼への奉仕を続けた。

「そのまま口に含めるか？　歯は立てずに」

「ふ、ふぁぃ……」

「クッ、……うまいぞ……はぁっ、……最高だ……」

膨らんだ先端を咥えるだけで精一杯だった。刺激を与えたら心地よいのだとマーシャは知っていた。だから口をすぼめ、舌を動かしてみる。ギディオンは吐息を漏らしながら、マーシャの頭を撫でている。

それでいいと肯定してくれているのだ。

「……んっ、ん」

深く咥えることが愛情の証のような気がした。だからマーシャは油断すると嘔吐《えず》きそうになるのをこらえ、できるだけ根元まで竿を呑み込んだ。

頭に添えられた大きな手に時々力が入る。

もっと深く、そして同じ律動で上下に動かせ――そんな催促だった。

普段、理性的な青年だから快楽に溺れている様子は貴重だ。彼にそれを与えているのが自分だということに、マーシャはただ歓喜した。

（もっと……ギディオン様……）

夢中になって上下に動かしていると、急にギディオンが強い力で逃れ、彼への奉仕はそこで終わってしまう。

「ギディオン様……？」

「もう十分だ……。果ててしまうと困るから」

照れた彼はなんだか可愛らしかった。マーシャが年上の彼より優位に立っている状況に満足していたのは短い時間だった。

もう一度仰向けに寝かされて、痛々しいほど硬くなった男根があてがわれた。

「今夜は優しく甘やかすつもりだったのに……。君は私をおかしくさせる」

そんな言い訳をしながら、ギディオンが一気に押し入ってきた。

「あぁっ！」

指で慣らされていても、たくましい男根を奥まで受け入れると一瞬息ができなくなる。圧迫感があり、苦しいのに喜びが大きい。

マーシャはギディオンの肩を掴んで引き寄せるようにしながら、揺さぶりに耐えた。

「あぁ……マーシャ、たまらない……」

メガネをかけたままだと、マーシャに溺れているギディオンの表情がよくわかる。欲情して二人でどこまでも高みを目指したいのだと語っているようだった。

普段の彼が知的で余裕のある理想の皇帝だからこそ、マーシャにだけ見せる欲望を剥き出しにした彼が愛おしくてたまらない。

「ギディオン様！　気持ちいい……あぁ、もっと……」

だからマーシャは、きっと彼が望んでいるであろう言葉を口にする。彼によって、獣に変えられてしまうのならそれでもかまわないと強く思う。

快楽を得ることにためらいがなくなるのは、先にギディオンのほうが溺れていることを隠さずにいてくれるせいだ。

「いくらでも……っ、あぁ……」

パン、パン、と打擲音が響き渡り、繋がっている場所から溢れた蜜が太ももどころかシーツまで濡らしているのがわかった。

時々、わずかに残っている理性がマーシャの痴態を咎めようとするが、すぐにギディオンの与えてくれる快楽で霧散していく。

奥を穿たれるのも、膨らんだ先端が内壁を刺激しながら引いていくのも、それが再び押し入ってくるのもたまらない。

「私、……あぁっ、もう……果てて、あっ！　ギディオンさ、ま……」

すぐそこに、絶頂が迫っているのがわかった。

マーシャはギディオンを引き寄せて、キスをねだる。

「一緒に……。マーシャ……可愛い……」

「あ、あああぁっ！」

耳元でささやかれた瞬間、マーシャはあっけなく達した。ギディオンの声に弱いせいだ。普段の凛とした声色ではなく、マーシャだけが知っている甘く優しい声は、箍《たが》をはずすのに十分だった。

一気に快楽が押し寄せて、マーシャを呑み込んでいく。

そのあいだ、ギディオンが本気の突き上げを始めた。絶頂の最中に深く穿たれると、瞼の裏に星が飛び散って、自分がどこにいるのかもわからなくなる。

「……あぁ、私……壊れちゃうっ！　いやぁぁ、あっ、――んんっ」

そこでようやくキスが与えられた。マーシャは渇いた喉を潤すようにギディオンの唇を求め、溺れていく。

抽送は激しくなるばかりだった。

もう互いの身体が溶け合って、一つになってしまったような気持ちになった直後、ギディオンが急に動きを止めた。

打ち込まれた楔《くさび》がドクンと脈打って、マーシャの体内に温かいものが放たれる。

膣が勝手に収斂して、彼の精を搾り取ろうとしているみたいだった。

身体はまだ繋がったまま、飽きるまで互いの口内を貪る行為がやめられない。マーシャはずっとふわふわとした心地で余韻を受け入れて、いつのまにか眠ってしまった。

◇　◇　◇

翌朝、マーシャは一人で目を覚ました。

「……ギディオン様？」

眠りにつく直前まで確かに彼は隣にいたのに、ベッドにはもうぬくもりさえ残っていない。きっと朝から皇帝としての職務に励んでいるのだろう。

(起こしてくだされぱいいのに)

眠っていたマーシャを起こさないのが彼の優しさだとわかるけれど、寂しかった。

目覚めたら隣で無防備な恋人が眠っていて、おはようのキスをもらう——そんなロマンチックな朝を迎えてみたいと望むのはわがままだろうか。

「お目覚めですか？　マーシャ様」

マーシャの起床を察知した女官が、寝室へとやってきた。

「ええ」

マーシャは答えながら自分の姿をよく観察した。

寝間着の胸元にあるリボンがきちんと結ばれているし、ドロワーズも穿《は》いていた。きっとギディオンが整えてくれたのだ。

疲労感以外は普段のマーシャのはずだと確認してから、立ち上がり女官の前に姿を見せた。

いつのまにかメガネははずされていて、定位置のサイドテーブルに置かれている。

女官たちは当然、昨晩ギディオンがこの部屋を訪れたことなど承知している。そうだとしても情事の痕跡を他者に見られるのは耐えがたい。

マーシャはできる限り普段と同じように振る舞い、朝の身支度を進めようとした。

「……明るい？」

なんだかいつもより部屋が明るく感じられた。明かりがつけっぱなしというわけではなく、なにかが変わったわけではない。

あえて言うのなら、レースのカーテンの向こう側が明るいのだ。

「今、何時でしょう……？」

チェストの上には置き時計がある。マーシャは時計の針が指し示す時間を見て絶望した。

「もうすぐ先生がいらっしゃる時間？　どうして起こしてくださらなかったんですか⁉」

今日は歴史学の教師が来てくれる予定だった。このままいつものようにのんびりと朝食をとっていたら間に合わない。

自分の管理不足を棚に上げ、マーシャはついつい女官を責めたくなってしまう。日の出の直後に自分で目を覚ますことが多いマーシャだが、もし起きられなかった場合でも、普段なら朝食の頃に女官が起こしてくれるのだ。

こんな時間まで寝坊するのは異常な事態だ。

「陛下からのご指示ですわ、マーシャ様」

にこやかにほほえむ女官は、どこか誇らしげだった。

きっと、未来の皇妃であるマーシャが皇帝に大切にされているこの現状は、仕える者にとってもいいことなのだろう。

焦りのない女官の様子から、朝寝坊を許したのはギディオンで、今日の予定すら守らなくていいという指示があったのだとわかる。

「だ、だめです！　そういうのは……堕落してしまいます。皇妃となる者は、体調管理をしっかりしなければなりませんっ！」

「マーシャ様が普段真面目でいらっしゃるから、わたくしどももつい甘やかしたくなってしまうのですわ」

「とにかくだめなんです！　もし今後、陛下から同じような命令があっても聞き流してください」

マーシャは必死だった。皇帝と近い将来の皇妃の仲がよいことは好ましいし、世継ぎが必要だと考えるのならば、立派な公務でもあるのかもしれない。

けれど、恋人同士の甘い時間を過ごしたせいで翌日に悪影響を及ぼす事態は耐えられない。

「かしこまりました。それでは次回からはそのように」

それからすぐに着替えを済ませて髪を結う。いつもより簡単ではあったが、だらしなく見えないように整えてくれた女官は大変有能だった。

マーシャは女官の協力で、なんとか午前中の予定に間に合ったのだった。

第五章　鍵のかかった部屋

メガネをかけたままの状態で次期皇妃としてのお披露目をするという方針が決まってから、マーシャの妃教育はより順調になった。

メガネがあれば人の顔がはっきりわかるし、地面の段差を見逃すことはない。どこかに危険が潜んでいるのではないかという不安で、無駄に気を張る必要もないのだ。

ギディオンの提案のおかげで、苦手だったダンスもようやく教師から及第点がもらえるまでに成長していた。

皇帝の誕生日を祝う舞踏会が二日後に迫っていた。

この日、ギディオンは郊外にある治水施設の視察で朝から外出している。ほかにもいくつかの視察を行うため、帰りは明日の昼になる予定だった。

自身の誕生日の直前でも皇帝として精力的に公務を行うギディオンをマーシャは尊敬しているのだが、いつか過労で倒れないか心配でもあった。

そして、マーシャのほうにも楽しみにしている予定があった。

「久しぶりにウォルトに会えるのね」

「よろしゅうございましたね、マーシャ様」

ウォルトとは定期的な面会をする予定だったのだが、なかなか叶わずにいた。どんな目的があってのことかは定かではないが、ジェナが消極的だったせいだ。

もしかしたら義母は、ウォルトを城へやったらもう帰ってこないかもしれないと疑っているのだろうか。

実際に紛失したメガネを受け取りにいったマーシャが帰ってこなかったのだから、その可能性はありえるのだろう。

ただ、ウォルトは伯爵で幼いながらに責任感は強いから、城で保護されることは望んでいなかった。

ギディオンも暴君ではないから、金遣いが荒いだけで明確な罪はない義母からウォルトの後見人という地位を奪うことはできなかった。

そんな理由でウォルトとは手紙のやり取りだけをしていたのだが、正式に婚約が発表される前にどうしてもとマーシャが義母に強く要請し、ようやく面会が叶うことになった。

ウォルトの手紙からは元気そうな様子がうかがえたが、姉を心配させまいとしているだけかもしれない。

父の死の直前の手紙にだって、前向きな言葉ばかりが記されていた。そのせいでマーシャはまさかこんなに早く家族を失うとは思ってもいなかった。

実際に会って会話をすることがどれだけ大切か、マーシャはもう学んでいる。

同じ都に住んでいるのだから、顔を合わせなかったせいでウォルトの悩みをわかってあげられなかったという事態は避けたかった。

午前中は普段と変わらず外国語の授業とダンスレッスンを受けて過ごす。ウォルトは午後のティータイムに合わせてやってくる予定だ。

家族なのに、久々に会うというだけでなぜだかソワソワとした気持ちになる。

時計を眺めていても針が速く進むわけではないのに、何度も確認してしまう。

そうこうしているうちに女官がやってきた。

「失礼いたします」

「ウォルトが来てくれたのでしょうか？」

「いいえ、それが……」

なぜだか女官が言いづらそうにしている。

「弟になにかあったのですか？」

女官が首を横に振り、ためらいがちに口を開く。

「マーシャ様の母君と姉君がいらっしゃったようです。……城の門番が、お約束のない方々の入城を拒否すべきか、お通しすべきかわからずに困っていて、マーシャ様にご判断をいただきたいのです」

約束のない者は城へ入れない。今日、マーシャと面会する予定だったのはウォルトだけで義母と義姉は招かれざる者だ。

規則を守るのなら問答無用で追い返すべきなのだが、相手が皇帝の婚約者となったマーシャの身内であれば、門番としても蔑ろにはできないのだ。

「なぜ……？　とにかく会ってみます」

マーシャは急いで義母たちがいる場所へと向かった。

城の入り口はいくつかある。ギディオンやマーシャなど、皇族とその関係者が出入りする皇族専用の入り口。登城の許可を得ている大臣や文官などが通行するための入り口。そして許可を得て城を訪ねることが許された者が通る入り口などだ。

この一般に使われる入り口の先には、用件を取り次ぎ、身分証や許可証などを検《あらた》める場所がある。ジェナたちはその近くの部屋に通されて待機している。

マーシャがその部屋の前までたどり着くと義母たちの甲高い声が響いていた。

「うちの娘は恐れ多くも皇帝陛下の婚約者となってから生家を蔑ろにして……、薄情な子に皇妃が務まるのか不安でなりません」

義理の娘への非難を含んだジェナの声だ。

「血の繋がった弟とすら、もう三ヶ月も会っていないのです！　……弟は姉に会えない悲しみのせいか寝込んでしまって……それなのに……っ」

サンドラも同意し、二人でマーシャを悪者にしようとたくらんでいる。

幸せになろうとしている妹の悪評を流す者の言葉など、聡い者なら聞き流す――ギディオンは以前そう言っていたが、実際には安易に信じる者が多い。

人は都合のいい話やおもしろいものを真実だと思いたがる。そして誰かの醜聞は一部の暇な貴族たちにとっては最大の娯楽なのだ。

マーシャは心を落ち着かせる。

ここで義母たちと争っても、伯爵家の恥となるだけだ。

「まあまあ、お二人とも落ち着いてください。……サフィーク伯爵令嬢は弟君の病状を知らなかったのかもしれませんし」

姿は見えないが部屋の中には男性もいて、騒ぐ二人を諭してくれている。

マーシャは扉をノックし、返事を待ってから入室した。

部屋の中にいたのはマーシャの義母と義姉、数人の近衛、それからアリングハム侯爵だった。

近衛以外の三人がソファに座り、お茶を飲みながら会話をしているという状態だ。

よりによって城内でマーシャが一番弱みを見せたくない相手に、義母との諍《いさか》いが知られてしまった。幸いにして侯爵は義母たちの訴えを本気にしていない様子だ。けれどそれでいいということにはならない。

マーシャ自身が誤解されていなかったとしても、義理の家族との関係が悪いというのもまた未来の妃としてふさわしくない要素になるからだ。

「お待たせいたしました。……アリングハム侯爵閣下、ごきげんよう」

マーシャは胃がキリキリと痛むのをこらえながら、これ以上の醜態を晒さないように丁寧な挨拶をした。

「やあ、サフィーク伯爵令嬢。あなたの義理の家族が城へ入れず困っていたから、私の指示でひとまずこちらで待機してもらうことにしたのだ」

約束をしていないと言っても、皇帝の婚約者であるマーシャの家族をどう扱うかは城への人の出入りを管理する近衛や文官には判断ができないのだろう。

たまたま居合わせたアリングハム侯爵が内務大臣としての権限で入城の許可を出し、マーシャが到着するまで相手をしていてくれたらしい。

「閣下には大変お手数をおかけいたしました。ご配慮に感謝いたします」

「うむ、無事ご家族と会えてよかったじゃないか」

「はい」

マーシャもソファに座り、義理の家族と対峙《たいじ》した。

「お母様、お姉様。いったいどうなさったのですか？　今日はウォルトが訪ねてきてくれるはずでしたが……」

「なにを言っているの！　ウォルトは病気なのよ。……それなのに呼びつけるなんて。なんて非情な娘なのかしら」

ジェナはソファから立ち上がり、声を荒らげた。

この場には近衛兵とアリングハム侯爵がいる。ジェナは人目があるとわかっていて、わざと義娘の評判を落とそうとしているのだ。

「病気？　それはいつからですか？」

「一昨日からよ。動ける状態ではないというのに、あなたとの約束があるせいで無理矢理外出するつもりだったの。もちろんわたくしたちはウォルトの健康が第一だから必死に止めたわ！」

完全に義理の息子を労る心優しい義母だった。これでは、マーシャが弟の体調不良を無視し、外出を強要したかのような言い方だ。

マーシャとウォルトは互いを気遣うことのできる仲のよい姉弟《きょうだい》だから、そんなはずはないというのに。

「ウォルトはいったいどのような病気なのですか？」

「……風邪よ」

先ほどまでの大きな声とは打って変わって病名を告げる声だけは妙に小さかった。

なんとなく重病ではないと予想できたとしても、だからウォルトは大丈夫だと決めつけることなどできない。

「でしたらすぐに使いを出してくだされればよかったのに。知らなければウォルトを見舞うことも、日を改めることもできません。……責められても困ります」

きっと義母たちはウォルトの体調不良を理由にして、マーシャの悪評を広めにわざわざやってきたのだ。

マーシャのほうも「使いを出してくれれば」という部分だけ強調し、傷ついた顔をして反撃した。

すると今度はサンドラが口を開く。

「開き直るなんて！　だからわたくしたちがわざわざ呼びに来てさしあげたのよ。まさか病気の弟を見舞えないなんてことはないでしょうね？」

マーシャはすぐには答えられなかった。

外出するなら護衛が必須となる。けれど、仮に城に住んでいたとしても、マーシャはまだ皇族ではない。

マーシャに仕えている者たちは、あくまでギディオンの命でそうしているだけであり、城内の人員は誰一人として私的に使っていい者ではないのだ。

「それは……」

「ほら！　皇帝陛下の婚約者となったら義理の家族だけではなく、血の繋がった弟にまでこの仕打ち……」

サンドラが勝ち誇る。

「お姉様、私だってウォルトが心配です。ただ、皇帝陛下の許可なく城を出ることも、城勤めの方々にお手間を取らせることも許されません」

言葉を選びつつ、マーシャは今すぐの結論を避けた。

「サフィーク伯爵令嬢」

声をかけてきたのは成り行きを見守っていたアリングハム侯爵だ。

「侯爵閣下……。身内のことでお騒がせして申し訳ありません」

「いいや、気にする必要はない。……それよりも、弟君が病気だというのなら、大臣の権限であなたに護衛をつけることは可能だから病気の弟さんを見舞ってやるべきだと思うが？　陛下は病気の家族の見舞いに行くなとはおっしゃらないはずだ」

アリングハム侯爵の提案は意外にもありがたいものだった。

ギディオンの許可を得ずに実家へ帰るのはためらわれるが、身内の見舞いすら自由にさせてもらえないほど皇帝が婚約者を束縛していると思われるのもよくない。

それにギディオンが望む皇妃は、ひたすらに皇帝から命じられたままに動く人形ではないはず。

「私のために申し訳ございませんが、どうかよろしくお願いいたします」

「任せてくれたまえ」

侯爵の提案もあり、マーシャは三ヶ月ぶりにサフィーク伯爵邸へ帰ることになった。

◇◇◇

護衛を手配してもらったマーシャは、急いで伯爵邸へ帰った。

城から連れてきた護衛の近衛兵は、主に屋敷の周囲を警戒してくれている。マーシャはエントランスホールへ進むと、そのまま二階にあるウォルトの私室へ向かった。

久しぶりの我が家だが、あまり懐かしさを感じなかった。義理の母たちと暮らすようになってからの伯爵邸は居心地の悪い場所だったせいだろう。

ジェナたちが近づかない私室で、ウォルトと一緒に物語について語り合ったり、無言で別々の本を読んでいるときが一番幸せだった。

そんなことを思い出しながら、ウォルトの部屋の扉をノックする。

いつまで経っても返事はない。

眠っているだけなら起こしたくなかったが、意識がなかったりしゃべれないほど悪化している可能性もある。

だからマーシャはできるだけ物音を立てないように注意しながら扉を開き、部屋へと足を踏み入れた。

ウォルトの姿がどこにも見当たらない。ベッドは綺麗に整えられているから、用足しのためという様子でもない。

「お姉様、ウォルトはどこへ行ったのですか？」

マーシャは後ろにいたサンドラに問いかけた。

「……さぁ？　具合がよくなって買い物にでも行ったのかしら」

「なんですか⁉　それ……！　出かけられるのなら面会を断る必要もなかったでしょう」

さすがに怒ってもいいはずだ。つまりウォルトの風邪は、買い物ができるくらいの軽症だったのだ。マーシャはジェナたちの目的が嫌がらせであると益々《ますます》確信していった。

「皇帝陛下がいらっしゃる城に体調不良の者を行かせられるわけがないでしょう？　身内のあなたはともかく、陛下に風邪がうつりでもしたらどうするの？」

正論ではあるのだが、状況から考えるとウォルトの風邪が真実かどうかもかなり怪しい。

もし本当にこの二人がウォルトの病気を心配していたのだとしたら、少なくとも看病を使用人任せになどしないはず。

姉に会いたいと懇願するウォルトのために無理を押し通して城まで呼びに行くとしても、義母か義姉の必ずどちらかが残らなければおかしい。

それにこれまでだったら、マーシャやウォルトが風邪を引いたとき、彼女たちは医者を呼ぶのも嫌がった。

うつったらどうするんだと憤ることはあっても、心配などしてくれなかった。

もう義母たちの茶番に付き合うのは飽き飽きだ。

屋敷のメイドに確認すると、ウォルトは寝てばかりでつまらないからという理由で本を買いに行ってしまったということだった。

「いい加減になさってください。仮に私の悪評を広めて私が皇妃候補でなくなったとしても、あなたが新しい皇妃になれるはずもないんですから。サフィーク伯爵家の評判を落とし、ウォルトの未来に差し障るとおわかりいただけませんか？」

どうしてサンドラは義妹を悪女にしたいのか、マーシャにはその発想がなかなか理解できない。

「なんて生意気なの！　ウォルトが風邪を引いたのは本当なんだから、帰ってくるまで大人しく待っていなさいよ」

マーシャとしても、せめてウォルトの顔を見てからでなければここまで来た意味はなかった。

義姉に言われなくても、もとよりそのつもりだ。けれど、これ以上彼女たちと会話をする気にはなれない。

「それでは私は自分の部屋におります。……まだ部屋にいろいろなものを残したままでしたから、整理でもして待っています」

そんな宣言をして私室にこもることにした。

実際、急に城で暮らすようになったため、私物のほとんどは部屋に置きっぱなしになっている。本はウォルトと共有していたから持ち出す予定はないし、ドレスなどは時期皇妃としてふさわしい品をギディオンが用意してくれたので必要ない。

伯爵令嬢としては質素な暮らしをしていたのと、一日の大半を領地の運営に関する仕事か読書にあてていたため、私物は少なめなほうだ。

それでも思い入れのあるアクセサリーや日々調べたことを綴っていた日記帳など、手元に置いておきたいものはいくつかある。

この部屋だけには懐かしさを感じる。けれどなぜだろうか、一歩足を踏み入れた瞬間、小さな違和感を覚えた。

マーシャは踵《きびす》を返すが、それより先に扉が閉まる。

「お姉様?」

サンドラはなぜ扉を閉めたのだろうか。

理解できない行動はマーシャの心を不安にさせた。ひとまずこの部屋から出ようとドアノブに手をかける。

「あ……開かない?」

慣れ親しんだ私室の扉についているのはサムターン錠の内鍵のはずだった。けれど本来外にあるはずの鍵穴がなぜか内側にある。マーシャのいないあいだに、ドアノブそのものが取り替えられていたのだ。

(閉じ込められた……！　でも、なぜ……)

心臓がバクバクと激しく音を立てた。

義母と義姉が、嫌がらせ以上のなにかよくないことをくわだてている可能性にこのとき初めて行き着いた。

「マーシャはそこでしばらく大人しくしていることね……フフッ」

扉の外から聞こえる声は楽しそうだった。

「お姉様！　なぜこのようなことを⁉」

必死にドンドン、と扉を叩《たた》くがマーシャの力ではびくともしない。

「だってあなた、邪魔なんですもの」

「外に護衛がいるのですよ！　部屋に私を閉じ込めて、なんの意味があるんですか？」

もし、明後日までマーシャを監禁することができたのなら、マーシャは大切なお披露目の機会を失うので意味はあるのかもしれない。

けれど、マーシャが弟の見舞いのために実家へ帰ったことはそばに仕える者たちは把握しているのだから、帰りが遅くなれば迎えが来てしまう。閉じ込める意味などないはずだ。なによりも城から派遣された護衛の近衛兵がいるのだ。

「護衛の方には帰っていただいたわ。……寝込んでいる弟に付き添いたいから、一晩そばにいるというあなたからの手紙を携えて……ね？」

「そんなはず……！」

外にいた護衛が義理の家族からの伝言を鵜呑みにして帰ってしまうなどという事態はありえるのだろうか。

彼らの真の主人は皇帝だ。

もしマーシャが直接護衛に対し城へ帰れと言っても、はいそうですかと応じるはずはない。皇帝の婚約者を守るという任務をなによりも優先するはずだ。ましてや手紙での指示などありえない。

（護衛を手配してくれたのは……？）

そこまで来てようやくアリングハム侯爵について考えが及ぶ。

マーシャは城勤めの兵が未来の皇妃を害するはずはないと考えていた。けれど、もしアリングハム侯爵が義母たちと手を組んでいて、兵の一部もそれに協力していたとしたらどうだろうか。

ふいに、侯爵令嬢オフィーリアの言葉が脳裏に浮かぶ。

『あなたの姉君がおっしゃっていたのですわ！』

悪い噂は、サンドラが社交の場に出かけては、広く吹聴《ふいちょう》して回っていたというのがマーシャの認識だった。

けれどそうではなく、サンドラたちとアリングハム侯爵家に個人的な繋がりがあったらどうだろうか。

今日、侯爵が居合わせたのが偶然ではなく、手配された護衛も、彼の息がかかっている者だったらどうだろうか。

(でも、そんなはずは……)

マーシャの訪問先が実家であることも、護衛の手配を侯爵がしたことも、隠しようがない。もしこの場でマーシャが害されたとしたら、ジェナやサンドラ、アリングハム侯爵が犯人だとすぐにわかってしまう。

空いた未来の皇妃の座にサンドラやオフィーリアが座ることはありえないし、皇帝の逆鱗《げきりん》に触れ、家門の存続すら危うくなるだろう。

「開けてください！　こんなことをしても無意味です。……皇帝陛下の不興を買ってしまうだけです」

「うるさいわね。……もうすぐあなたの婚約者が来てくれるから静かにしていなさい」

「婚約者？　まさか皇帝陛下を呼びつけたのですか⁉」

マーシャは焦る。自分が皇帝に対する人質として捕らえられたという想像をしたからだ。

けれどその考えはすぐに否定された。

「違うわよ。ほら、忘れたの？　お母様の遠縁にあたる男爵家にちょうどいい人がいるというお話をしたでしょう？　三十歳で独身、背は低くてお腹まわりがふっくらしている可愛らしい紳士よ……フフッ！」

扉越しからも、サンドラが人を馬鹿にしているのが伝わってくる。

けれど彼女が義妹を捕らえてなにをしたいのか、ここまで聞いてもマーシャにはまだわからなかった。

「そんな話……了承した覚えはありません」

「マーシャは、皇帝陛下のことが好きじゃないのよ。……本当は愛する人がいたのに、陛下が横恋慕をしてあなたを城へ連れていったの。そして陛下の目をかいくぐって伯爵邸へ帰ってきたあなたは、そこで真の婚約者と再会したというわけ」

ようやくマーシャにも義姉の陰謀が理解できた。

サンドラは得意げに言葉を続ける。

「愛する人と再会した感激で皇帝陛下を裏切ってしまっても、きっとお優しいあのお方ならば許してくださいますわ」

用意された「真の婚約者」とマーシャが再会の喜びから短慮を起こし一夜を共にする。

そういうシナリオにすれば、未熟なマーシャ一人の罪になるわけだ。

マーシャが皇帝のお手つきであることは隠しようのない事実であり、だからこそ婚姻が成立する前から城で暮らすことが許されている。

けれど婚約期間中に皇帝以外の者と関係を持ってしまったら、どんな理由であれ絶対に皇妃にはなれない。サンドラたちの陰謀は、マーシャを害することではなく皇帝の伴侶となる資格を消失させることにあったのだ。

「私が、自分の意思だと認めるはずがないでしょう?」

合意かどうかに関わらずマーシャは皇妃になる資格を失う。

けれど、それならなおのこと義理の家族や侯爵の陰謀を許さない。たとえ自分が傷物だと広く知れ渡る結果になったとしても、彼らの罪を問うだろう。

「この屋敷で起こった出来事ですもの。責任を負うのはサフィーク伯爵だけれど、それでもいいのかしら?」

「……っ!」

マーシャが自分の意思で皇帝から離れたかったと証言しなければ、サフィーク伯爵家に皇帝に対する反逆の疑いがかけられてしまうとサンドラは脅している。

大ごとにしないためには、マーシャ個人の過ちにするほかないのだ。

ギディオンとマーシャのあいだには強い絆《きずな》があり、彼はきっとこの事件の真相を見抜くはずだ。それでもマーシャが弟を守るために嘘の主張をすれば、ギディオンもそれを認めざるを得ないだろう。

「どうして……？　こんなことをしてもお姉様と私の立場が入れ変わるわけではないでしょう？　無意味だわ」

もしマーシャが皇帝の妃になる資格を失ったとしても、義姉が代わりになれるはずはなかった。マーシャは個人的な親交からギディオンの妃に望まれた。皇帝にはサフィーク伯爵家と縁を結ぶ利点はあまりない。

「意味はあるわ。皇妃選びが白紙に戻れば喜ぶ人がいるのよ……皇妃になれなくても、そのお方が高位貴族との縁談を調えてくださるの！」

アリングハム侯爵のことだろう。

ギディオンは外戚からの干渉により傀儡となるのを恐れている。だから、侯爵令嬢のオフィーリアが皇妃となる未来もないのだが、彼らは皇帝の方針を理解していない。

「ばかげているわ！」

自分だけではなく、ギディオンの意思まで踏みにじる勝手な者たちに対し、マーシャは怒りを覚えた。

「それよ！　あなたはいつもそう。わたくしは正式な養子なの。元子爵令嬢でも貴族で、今は間違いなく伯爵家の人間なのよ。……それなのに、あなたもほかの貴族たちも陰ではわたくしを見下して……」

「見下してなんていません」

父が亡くなって以降、サンドラたちは贅沢《ぜいたく》をしてきたし、マーシャよりもよほど華やかな場所で遊んでいた。

どちらかと言うと彼女のほうが義妹を蔑んできたのではないだろうか。

「嘘、嘘よ！　わたくしたちは実父を失ったら家を追い出され平民同然だった。……同じ貴族なのにあなたのことお嬢様って呼ばなければならなかったわたくしの気持ちがわかって？　そのくせ、あなたは父親を失っても伯爵令嬢と呼ばれているし皇帝陛下からも望まれて……許せないわ」

義母のジェナはかつての子爵夫人でサンドラも子爵家の娘だ。そして跡継ぎが生まれる前に子爵が死亡したため、子爵家はサンドラにとって叔父にあたる人物が継いでいる。

母娘は新しい子爵と折り合いが悪く、追い出されたという。

ジェナは元子爵夫人だったのに働かなければならなかったし、サンドラは確かにその頃マーシャのことを「お嬢様」と呼んでいた。

それが彼女には耐えがたい屈辱だったというのだ。

マーシャも父親を亡くしている。新しい伯爵は弟のウォルトで、二人でサフィーク伯爵家を守ろうと努力してきた。

兄弟が爵位を継いだ場合、姉や妹は結婚するまでその家の令嬢として扱われる。そして家を継いだ者が姉や妹、または弟の縁談を取りまとめるのが一般的だ。

けれど法的には、新伯爵ウォルトが姉のマーシャを扶養し続ける義務はない。代替わりで、実姉や妹、弟などを追い出したという例はいくらでもある。

同じように父を失ったのに、マーシャは「お嬢様」のまま。それがサンドラの性格が歪んでしまった原因なのだろうか。

「……」

「せっかくまたお嬢様になれたのに……。わたくしのほうが美しいのに！　それなのに皆がこう言うのよ。『けれどあなた、伯爵家の血を引いていないのでしょう？』って。それなら縁を結ぶのは妹君のほうがいい……って」

「それでも、人を陥れていい理由にはならないと思います」

「余裕ね？　もういいわ……。すぐにあなたの婚約者がやってくるから楽しみにしていなさい」

扉の向こうで足音がして、それがだんだんと遠ざかっていく。

それきりサンドラの声は聞こえなくなった。

（こんなことであきらめない。今の時点で男の人が部屋にいないのは不幸中の幸いだわ。……どうにかして逃げ出さないと……）

きっとウォルトはどこかに捕らえられているのだ。

マーシャですら命を取られないということはウォルトも同じと考えられる。だから弟のことは気にせずに精一杯暴れるつもりだった。

まずは窓を確認する。昼間だというのにカーテンが閉じられている。開けてみるとすべての窓に鉄格子が嵌《は》められていてここからの脱出は難しそうだった。

（扉が開いたときに、相手を倒して逃げるべきかしら？）

なにせ運動音痴のマーシャだから、その案は最後の手段だ。ひとまず唯一の脱出口である扉の状態を調べる。

（鍵が取り替えられているのね？　……本来の取り付け方ではないわ）

マーシャの部屋の扉には内側にサムターンがあり、廊下側に鍵がついているはずだった。鍵をかけるのは、着替え中など家族であっても人に入ってきてほしくないときだけだ。

内鍵をかけたまま住人の具合が悪くなると、その人物が閉じ込められてしまう。

だから、いざというときのために廊下側からは鍵を使えば開く仕組みになっている。

現在扉は、なぜか部屋の内側に鍵穴があり、外から施錠したことから推測すると廊下側にサムターンがあるのだろう。

鍵を持っていない者が閉じ込められたら、脱出はできない。

焦っても解決方法は浮かばない。

マーシャはひとまずソファに座り、部屋の周囲を見回した。

見慣れた部屋には脱出に使えそうな道具はない。ぼんやりと本棚に視線が行く。非力なマーシャの武器は本が授けてくれた知識だけかもしれない。

「そうだ、『名もなき探偵』……ジュード・ジョーンズもこんな部屋に閉じ込められたのよ」

ギディオンと出会った頃、マーシャはその本の影響を受けて鍵の仕組みを調べていた。

実物を見ながら構造がわかる本を読み、ジョーンズが小説の中で行った解錠方法を試した。

(なにか、細い針金のようなものがあれば……)

十六歳の頃の感覚を指先が覚えているかまでは定かではないが、当時は確かに解錠ができた。

だったらマーシャの婚約者なる者がやってくる前にこっそり鍵を開けて、逃げ出すしかない。

(ええっと……。二本の針金……その代わりになるものは……?)

マーシャは机の引き出しを漁る。裁縫用の針では短すぎる。

今度はドレッサーの前に移動して、金属のアクセサリーを確認していった。ブローチの針、ネックレスのチェーン、どれも使えないものばかりだ。

ふいに鏡に映った自分の姿が視界に入る。

「……あっ！」

マーシャのメガネには細い金属製のテンプルがついていた。強度はしっかりあって、なおかつ直角に曲げても折れないしなやかさも必要だ。

マーシャはメガネをはずし、テンプルを無理矢理引っ張りレンズ部分から分離させた。耳にかける部分は弧を描いているので、机の上に置いてから硬そうな本で叩き真っ直ぐに整える。

二本の針金になってから、一方のみ直角に折り曲げた。

（この二本の針金でいけるはず……）

以前試したときに得たはずの感覚を呼び覚ましながら、マーシャは鍵穴へと針金を差し込む。

いつサンドラが様子をうかがいに来るか、いつ新しい婚約者なる者が到着するのかわからず、焦りで手が震えた。

（大丈夫、……私ならきっとできる……！）

自分を鼓舞し、けれど冷静に針金で鍵の構造を探っていった。

手順どおりに動かせば、カチャリと音がしてシリンダーが回った。

（よし！　でもここからはさらに慎重に動かなければ）

鍵が開いて、ようやく第一関門突破だ。

使用人も含め、この屋敷にいる者はすべてマーシャの敵だ。

運動音痴なうえに、メガネを失ってしまったマーシャが敵に見つかれば、たやすく捕らえられてしまう。

次に捕まったら、彼らはきっとマーシャを縄で縛るくらいの対策は講じるだろう。そうなったら手も足も出ない。

マーシャは廊下に人の気配がないことを確認してから静かに扉を開き、慎重に歩きだした。

二階の私室から階段へ向かうが廊下の角を曲がったところで誰かと遭遇した。

「やあ、こんにちは。もしかして君が私の……」

小太りというシルエットが、サンドラが語っていたマーシャの新しい婚約者だという男の特徴と一致した。

たったそれだけの根拠でマーシャは目の前の人物を敵と認定し、全力で向かっていく。男の腹めがけて飛び込み、肘鉄を食らわせた。

「ぐへっ！」

まぬけな声が響き、男が転倒する。マーシャも転びそうになりながら、なんとか階段を下りていく。階段の先はエントランスホールだ。外に出てしまえば、マーシャの勝利だ。

緊張から息があがるのが早い。

「マーシャ！　なぜ……。誰か！　誰か捕まえて」

サンドラの声が聞こえたが、マーシャは止まらない。

誰かが玄関扉を外から開けた。

「……あと少しなのに！」

使用人か、それとも侯爵の手の者か、とにかく娘の監禁という悪事が行われているこの場所に無関係な来客があるはずはない。

出口を塞ぐ人影を排除するため、マーシャはそのまま相手に向かっていった。

先ほどと同じ要領で倒そうとしたのだが――。

「……くっ、なにを……？」

「放して！　このっ！」

相手の身体はびくともせず、マーシャはその者に捕らえられた。ジタバタと暴れて抵抗するが力の差がありすぎる。

けれどマーシャは途中からなにかがおかしいことに気がついた。包み込まれるようなその感覚に既視感を覚えたのだ。

「助けに来た私を、全力で排除しようとするのはやめてくれ……。さすがに傷つくぞ」

「ギ、……ギディオン様？」

よく知っている声だとわかった瞬間、身体から力が抜ける。崩れ落ちる前に、ギディオンが支えてくれた。

「怪我はないか？」

安堵《あんど》のせいで涙がこぼれる。

「はい。……私、もう大丈夫……なんですよね？」

彼がここにいるのだからこれ以上の恐ろしい事態にはならないはず。けれどメガネがないせいで自分の置かれている状況が不明だ。だからどうしても言葉で確認したくなる。

「もちろんだ。……遅くなってすまない」

「でもどうして?」

視察に行って、帰りは明日になるはずのギディオンがなぜ都にいるのかが、マーシャにはわからなかった。

「僕があの人たちの陰謀を皇帝陛下にお知らせしたんです」

少年の声が響く。

「ウォルト? ウォルト……! あぁ、よかった……」

弟がいることで我に返ったマーシャは、しっかり自分の足で立ち、声を頼りに弟の姿を探した。そしてゆっくりと近づいてくるウォルトに抱きついた。

「あ! もう姉様ったら。……あの人たちを止められなくて申し訳ありませんでした」

ウォルトも元気そうだった。

「再会の邪魔でしかないが、先にあの者らを捕らえなければな」

ギディオンが心底面倒くさいという様子でため息をこぼす。

「……サフィーク伯爵の依頼により、ジェナ・サフィーク及び、娘のサンドラ。現在この屋敷にいるすべての者を捕らえよ」

マーシャはギディオンのことしか頭になく気づかなかったが、彼は兵を引き連れていた。

ギディオンの合図で兵が一斉に屋敷の中へとなだれ込む。

「や……やめて! わたくしは……なにも……。なぜわたくしを捕らえるの?」

「わたくしは、後見人なのよ！　ウォルトッ、今まで育てた恩を忘れ……」

兵に捕らえられた二人の声が響き、だんだんと遠ざかっていく。このまま牢獄《ろうごく》に連れていかれるのだろう。

屋敷の中はまだ騒がしく、使用人や先ほどの男も捕まっていく。ほとんどの者が大人しく兵の指示に従っている様子だ。

「なにが起きているんだ？　私は無関係だ！　……今日は伯爵家からの縁談があると……は、放してくれ……」

一人だけ抵抗しているのはサンドラたちがマーシャのために用意したあの男だ。

「縁談？　ならあの男がマーシャの……。皇帝の婚約者に触れた者は重罪だ」

声色だけで激しい怒りが伝わってくる。ギディオンはサンドラたちの陰謀を細部まで知っているらしい。

「私、なにもされていませんよ！　どちらかと言えば私がなにかした、というか……」

誤解されたくないマーシャは、ギディオン以外に肌を許していない、未遂だったと必死に訴える。

「なにかした、だと？」

ギディオンの声がさらに低くなる。これまで彼は怒りを表に出すときも冷静で、我を忘れることなどなかったというのに、今日だけは違っていた。

「ち、違います、ただ攻撃して、倒してしまっただけで……」

「敵を庇《かば》うな。事実関係の確認はヒュームに任せておけばいい。詳しい話は帰ってからだ」

マーシャとしては庇ったつもりなどなかった。ただ、出会い頭の挨拶があまりに呑気だったので、もしかしたら男は計画を知らなかったのではないかと疑問に思っただけだ。

けれど、ギディオンの怒りはマーシャを大切に思うがゆえのものだと伝わってくる。だからマーシャはそれ以上なにも言えなくなった。

ギディオンが手配した馬車に三人で乗り込む。そして城へ戻る最中、マーシャはギディオンからこの事件の詳細を聞いた。

第六章　あの日の出会いのやり直し

視察に出かける前日、ギディオンは執務室で文官からの報告を受けていた。

「陛下、ご依頼のあったサフィーク伯爵家についてですが……」

「義母の件だな?」

「はい。やはり陛下の懸念されていたとおりかと思われます。鑑定結果をご覧ください」

義母や義姉は、皇帝の縁戚となる者として人格的に問題がある。

金遣いが荒いだとか、マーシャを蔑ろにしている程度の理由では排除が難しいのだが、ギディオンはあの二人にはそれ以上の罪があるのではないかと疑い、調査をさせていた。

義母のジェナは元々子爵夫人だった。男子を儲ける前に夫を亡くしたせいで、新しい子爵となった夫の弟に追い出されたという。

本人は悲劇のように語っているらしいが、それは事実ではない。

実際には未亡人でも十分に生活できるだけの財産を分け与えられていたのに、それをすぐに使い果たし、金の無心をし続けた結果、絶縁に至ったようだ。

その後、サフィーク伯爵家の家庭教師となり、マーシャの父親と再婚した。

大病を患った先代伯爵が、献身的に世話をしてくれた女性を愛してしまうというのは理解ができる。気落ちして誰かに依存し、性格が変わってしまうというのもありえないとは言い切れない。

それでも、ある程度成長した娘や息子が再婚相手とうまく打ち解けられるかどうか一切考えないほど、先代伯爵は愚か者だったのだろうか。

先代伯爵は、貴族でありながら学者としてのほうが有名で、変人だが家族を大切にする者でもあったという。噂で聞く彼のひととなりを考えると、マーシャやウォルトの意見を聞かずに義母に多くの権利を与えたのは不自然だった。

「筆跡鑑定、診断書……義母と医者の繋がり……なるほどな」

まず、先代伯爵は療養で都を離れてから筆跡が変わったという。マーシャは、父の体力が衰えて、手に力が入らなくなったからそうなったと考えていたらしい。

そういう例はもちろんある。

けれど、筆跡鑑定の専門家によれば、文字を綴るときの書き順の癖などは元気だった頃から引き継がれるはずだという。跳ね方、かすれ具合、インクの流れなどからそういったものを鑑定するのは可能だ。

先代伯爵は学者という職業柄、直筆の書類を多く残していた。

ギディオンはそれらと病に倒れた以降に書かれた手紙や相続に関する書類を、専門家に鑑定させていた。

「別人のものという鑑定結果か。……次は医者だな？」

文官が別の書類を差し出す。それは医者の診断書と投薬の記録だった。

「死の直前の再婚であれば、当然調査が入ります。当時は再婚後しばらくしてから体調が悪化したということでしたが、再調査したところ投薬の記録と矛盾しておりました」

「どういうことだ？」

「末期の患者にしか使用が許されていない強い痛み止めが、先代伯爵が静養に入られた直後から処方されていました。投薬中は穏やかに過ごせますが、意識がぼんやりとなるので正常な判断ができる状態であったとは見なされません」

文官が提出した資料には、薬の効果と副作用について記されているものもあった。

薬は、耐えがたい苦痛を取り除いて患者を穏やかな気持ちにさせてくれる。精神に作用するものだから長期服用はできない。余命宣告がされている患者にしか使用しない劇薬だ。

マーシャの実弟ウォルトは静養に同行し、何度も見舞いに行っている。余命や薬の服用を知らなければ、父親に笑顔が増え、世話をしている義母と穏やかな関係を築いていたように見えていたかもしれない。

「つまり義母が医者に偽の診断書を書かせたのだな？　そして医者の診断書を根拠に有効性が

認められた遺言書も別人の筆跡というわけだ」

マーシャに元気だと伝えていた手紙は偽物だった可能性が極めて高い。

そして、ウォルトの後見人を定めた遺言書も同じ筆跡だ。当然、後見人の指名も、投薬後だったはずの再婚も無効になる。

「はい。……地方都市にいる医者については、すでに逮捕するための証拠が揃《そろ》っております。ジェナ・サフィークについては、医者とのあいだで金銭授受があったかどうかなど引き続き調査を進める必要があります」

偽りの結婚と後見人指名で利益を得たのは間違いなくジェナ・サフィークである。

筆跡に関しては限りなく疑わしいという鑑定結果だが、単品では証拠能力に乏しい。まずは医者の診断書が偽りであったことを認めさせ、誰の依頼であったかなどの証拠を集める必要がある。

「半分私的な問題で働かせてすまないが、引き続きよろしく頼む」

「御意」

本命の義母の罪を暴くまであと一歩だ。実家が皇妃の足を引っ張るようでは困るのだ。

幸いにして若き伯爵ウォルトは年齢のわりにはしっかり者で将来有望な少年だ。

ギディオンは、このあたりであの義理の家族に退場してもらうつもりだった。

そして翌日、ギディオンはウィンザム川の上流への視察に出かけた。

この地域は数年に一度、大規模な川の氾濫が発生していてそのたびに橋が壊れている。

水害による農作物への影響もさることながら、道が分断されることにより物流が滞るというのも大きな問題だ。だから新皇帝に即位した直後から、隣国から技師を招き、遊水池と堤防の設置、頑丈な橋を架ける計画を進めている。

(マーシャなら目を輝かせて見学しそうだな。……連れてくればよかっただろうか？)

皇帝の婚約者になっても彼女は謙虚だ。

高価な品物をねだることはなく、近い将来の皇妃としてどう行動すればいいのかをいつも考えてくれている。

唯一貪欲になるのが、知識を得ることだけだ。そんな性格の彼女だから、この国にはなかった建築技術を取り入れた橋の建設現場を視察できるとなれば、興味津々で同行したに違いない。

未来の皇妃としてのマーシャの評判は、身びいきなしにすこぶるよい。

女官や妃教育を担当している教師からの不満が「運動音痴はどうにもならないのでしょうか？」ということと「皇妃ならば多少は偉ぶってもらわないと困る」ということくらいだ。

確かに皇妃には威厳も必要だ。

けれども、威厳と驕《おご》りは混同しやすい。そのあたりは皇妃としての実績に伴って少しずつ身につけていけばいいとギディオンは考えている。

（今日は弟君と会う約束だから誘わなくて正解だ。今後、いくらでも機会はあるのだから）

そんなことを考えながら、ギディオンは責任者から工事の進捗を聞き、視察を進めていった。

一通り話を聞き終えたところで、近衛のヒュームがギディオンに近づいてきた。

「皇帝陛下、恐れながら至急ご報告したいことがございます」

冷静沈着な軍人が、なぜか戸惑っている様子だ。

「どうした？」

「はい……。先ほどこの場に侵入した者を捕らえましたところ……」

皇帝の視察中であるから、もちろん周辺には関係者以外が立ち入れないように見張りがついている。

ギディオンはよき皇帝であろうとしているが、貴族の中にはそれを望まない者も多くいる。

自分たちの都合で政を動かすためには、傀儡の皇帝のほうが都合がいいのだ。

エグバートを皇族に復帰させ、以前の体制に戻そうとたくらむ輩から暗殺される危険性は承知していた。だから賊が侵入した程度でヒュームが動揺するのは不自然だ。

「侵入者は捕らえたのだろう？」

「はい……。それが……その侵入者というのがサフィーク伯爵……つまり、マーシャ様の弟君のウォルト殿だったのです」

まったく予想していなかった人物の名に、ギディオンは唖然《あぜん》となる。

「はっ？　弟君は今日、マーシャと会う予定のはずだが……？　いいや、ひとまずウォルト殿をこちらへ」

婚約者の弟を装った暗殺者という可能性がギディオンの脳裏をよぎるが、それならばヒュームが見抜くはずだという結論に至る。

マーシャが城で暮らすようになってから、ヒュームほか、ギディオンのそばに仕える者を定期的にサフィーク伯爵家へ遣っている。

当然ヒュームはウォルトと面識があるので間違えるはずはないのだ。

すぐに連れてこられたウォルトは、貴族の少年とは思えないほど服や顔が汚れていた。それだけで異常な事態だとわかる。

「お初にお目にかかります。僕……ではなく、私はウォルト・サフィークと申します。本来ならこのような方法で陛下に会う……え、ええっと……拝謁を願うのは無礼であると承知しておりますが、急ぎ伝えなければならないことがあり参上いたしました！　あとでどんな罰でも受けるつもりです。だから……、どうか……」

マーシャにそっくりな瞳が真っ直ぐにギディオンを見据えている。

皇帝に対し不敬な振る舞いをしているという認識があり、それでもここへやってこなければならない焦りが感じ取れる。

ギディオンは少年の肩に手を置いて、視線を合わせるためにかがんでみせた。

「急いでいるのなら、僕でもいいし、言葉使いを咎めることはしない。……大丈夫だ、落ち着いて話すといい。君は私の義弟になる者なのだから」

伯爵といっても、彼はまだ十一歳の少年だ。ギディオンはできるだけ柔らかい口調で彼を安心させてやる。

「は、はい……陛下……っ！　ぼ、僕は……義母とアリングハム侯爵に監禁されていたんです。あの二人は今日、姉様を伯爵邸に呼び出し、陛下と姉様が結婚できないようにしてやるって言っていて……」

「アリングハム侯爵、だと……!?」

彼の義母とはなんの接点のないアリングハム侯爵の名を聞いて、ギディオンはなにかとんでもない事態が発生しているのだと悟った。

「はい、早く都へ戻り、姉の無事を確認したくて――わっ！」

ギディオンは予告なくウォルトを担ぎ上げた。

「すまない、急ぐ必要があるだろうから続きは馬上で聞こう。……視察は取りやめだ！」

同行していた側近や近衛のヒュームも即座に動きだす。ギディオンはウォルトと一緒に馬に乗り、彼からこれまでの経緯を聞いた。

「最近、突然侯爵が屋敷に来るようになったり、姉様の部屋を改装したりと、ジェナさんとサンドラさんの様子がおかしかったんです。……だから僕、コップを壁にあてて聞き耳を立てるようにしていました」

そう語るウォルトはどこか誇らしげだった。

(探偵小説の影響か⁉　……間違いなくマーシャの弟だな……)

ギディオンはつい血は争えないなどと思ってしまったが、事態は深刻であるためこの件は聞き流すことにした。

「昨日も侯爵閣下がいらっしゃいました。皇帝陛下はウィンザム川の上流を視察されるから邪魔する者はいない。だから僕を餌に姉をおびき寄せて無理矢理誰かと結婚させてしまおうって。……きせいじじつ？　というのを作ってしまえば大丈夫だ、と言っていたんです。すぐにお知らせすべきだったのですが、うっかり捕まってしまいました」

「既成事実だと？　まずいな」

義母は一度、マーシャには婚約者がいるという理由で、皇帝との縁談を断っている。

たとえばマーシャが実家に帰り、以前から想い合っていた婚約者と偶然再会し、喜びのあまり一線を越えてしまったというシナリオはどうだろうか。

ギディオンのほうが権力を使って意中の女性を無理矢理奪った卑劣な男になってしまう。

しかも、婚前に皇帝以外の男と関係を持ったとしたら、たとえ本人の意思ではないのだとしても、皇帝との婚約継続は難しい。

「僕は昨日から侯爵閣下の別邸らしき場所で監禁されていました。昔、縄抜けの方法を試した経験があったのでなんとか逃げ出すことができました」

ウィンザム川の中流あたりに人気の別荘地がある。侯爵がそこに別邸を持っているのはかなり有名な話だ。ウォルトが監禁されていたのはその別邸なのだろう。

逃げ出したウォルトは、こっそり聞いた悪巧みの内容から、ギディオンがウィンザム川の上流の橋建設現場付近を視察するであろうとわかっていたため、接触を図った。

身分を示すものを持たず、おそらく金も持っていない状況だから、一人で都まで戻るのには時間がかかると判断したのだ。

都に向かうにしてもギディオンがいた橋の建設現場近くの街道を絶対に通るため無駄にはならない。子供とは思えないくらい冷静な判断だった。

「よくやった……！　マーシャのところへ急ごう」

「はい！」

弟を監禁するくらいだから、義母や侯爵は確実にマーシャを連れ出せる確証があるのだ。

彼女の近くにはできるだけ信頼できる者を置くようにしているが、なにせギディオン自身も城内のすべてを掌握できているわけではない。

城勤めの者の多くは、これまでアリングハム侯爵を筆頭とした大貴族に従ってきた。

もし、侯爵の命に忠実な者がいたら――ギディオンは自分の力不足を認識し、ギュッと手綱を強く握る。

「ウォルト殿、すまない……しっかり掴まっていろ！」

「……は、はぃ！」

乗馬に不慣れらしいウォルトを気遣ってやれる余裕もなく、ギディオンは都への帰路を急いだ。

そして、ようやくサフィーク伯爵邸にたどり着き玄関扉を開いた瞬間、勢いよく駆けてくるマーシャの姿が目に飛び込んできた。

（まさか、私を倒そうとするとは思わなかったが……）

愛しの婚約者は、囚われたからといって大人しく捕まっているような性格ではなかった。

自力で脱出し、目の前にいるのがギディオンだと気づかずに肘鉄を食らわそうとした。

（間に合ってよかった……）

メガネをしていないマーシャは、ギディオンの声を聞いたことで安心し、涙ぐんでいた。

ギディオンはそんな彼女を強く抱きしめた。

◇　◇　◇

マーシャはギディオンに連れられ、すぐさま城へ戻った。

義母と義姉は捕らえられ、アリングハム侯爵にも捕縛命令が出た。ウォルトはひとまず城で保護されることになった。

舞踏会直前に大きな事件が起こってしまったが、マーシャもウォルトもすり傷程度で無事だった。これで一件落着のはずだったが――。

「な……なんで？　私、入浴はゆっくり一人でしたいです」

城内の私室に着くやいなや、ギディオンは女官に命じ湯の用意をさせた。

閉じ込められている最中、緊張から汗をかいたため、マーシャとしても身を清めたいと思っていたのでありがたかった。

ところが、準備が終わってもギディオンは退室してくれない。それどころかマーシャの手を引いて強引に浴室へと連れていってしまう。

マーシャからドレスを奪い取り、自らもサッと服を脱ぎ捨てる。

「メガネが壊れてしまって大変だろう？　私が洗ってやろう」

「だ……大丈夫です。それに、困ったら側仕えの方にお願いしますから」

裸を見られた経験があるからと言っても、羞恥心が消えるわけではない。

マーシャはギディオンに背中を向けて逃げ場を探す。

けれどすぐにあきらめる。まず服を奪われている状態ではどうにもならないし、逃げようとしても運動音痴なうえにメガネを失っているマーシャには不可能だ。

「遠慮するな」

「遠慮ではなく一人でゆっくり身体を温めたいんです！」

どうにかギディオンをここから追い出す言葉を捻《ひね》り出そうとするが、今日のギディオンはいつにも増して強引だ。

マーシャを抱きかかえ絶対に逃がさないと態度で示す。

浴室に漂う湯気のせいで余計に視界が不鮮明なマーシャが動けずにいると、いつのまにか彼の膝の上に座る体勢になっていた。

「男に触れられたと想像するだけで我慢ならないんだ」

耳元に吐息を吹きかけながら、ギディオンがささやく。

「触れられていませんよ。……私がみぞおちに肘を食い込ませただけです」

こそばゆくて身悶えそうになるのをこらえ、彼の言葉を否定した。相手がどんな男だったのかマーシャはよく知らないが、幸いにして身体を鍛えている者ではなかったのだろう。ひ弱な令嬢の突進によろめいてくれたので、捕まらずに済んだ。

「わかっているが、布越しでも君の肘が男に触れた想像をするだけで嫌なんだ……。どちらの肘だろうか？」

ギディオンが肩のあたりから腕全体に軽いキスを施す。具体的に言わないと両腕にしつこくキスをしそうだった。

「ひ……ひだ、り……」

「ここ？」

肘は強く抓《つね》っても痛くないのだから、どちらかと言えば感覚が鈍い場所のはずだ。それなのにギディオンが舌を這わすと、ムズムズとして身悶えてしまう。

「もう十分です……ぁっ」

こういうときのギディオンは、マーシャが少しでも拒絶するとねちねちとそこばかり触れてやめてくれない。

結局、肩から指先まで丹念にキスされてしまう。

「例えるのなら、汚物を靴で踏んだら、肌に触れなくても気分が悪いだろう？　それと同じだ」

「で……でも、汚物扱いなんて……少しかわいそうです。もしかしたら、お母様に騙《だま》されただけの人かもしれないですし。……あぁ！」

急に耳たぶが甘噛みされた。

「私の前でほかの男に同情なんて必要ない。……あの者は……私のマーシャと結婚できるなどと妄想したに違いない。絶対に許さない」

「そんな……ふっ、あぁ……まだ、わからな……んっ！」

男に関しては、とりあえず事情を聞くという理由で軍が身柄を預かっている。

あの男はジェナとサンドラが用意したマーシャの「婚約者」だ。

ヴァンスレット帝国の貴族であれば結婚に親の威光が強く反映されるのは普通だ。もし、皇帝の婚約者を穢《けが》そうという義母の計画を知っていたら罪になるが、義母から結婚を打診されただけだったらあの男も被害者と言える。

だからマーシャの同情は正当なものだというのに、今のギディオンにそんな指摘をしても逆効果な気がした。

マーシャはとにかく男の話題には触れてはいけないのだと今、学んだ。

そのときギディオンがマーシャの首筋をきつく吸い上げた。

「ま……待ってください。ドレス……舞踏会のドレスが着られなくなってしまう……あぁっ、痕をつけるのはやめて……うぅっ」

夜の正装はデコルテが露出しているのだ。首筋や鎖骨のあたりを強く吸われたら、淫らな行為の証を大勢の前で披露することになりはしないか。

隠せていない関係だとしても、大勢の前でひけらかすような行動は避けたかった。

ギディオンは一応マーシャの希望を叶えてくれる気でいるらしい。

痕をつけるのはやめてくれた。その代わりに敏感な首筋に舌が這う。

「ひゃぁっ！」

「……弱いな」

それからギディオンは、石けんを泡立ててマーシャの肌に馴染《なじ》ませた。

つるんと滑るせいで、的確な刺激が与えられない。もどかしくて、つい身悶える。

ギディオンの手がマーシャの胸をまさぐりはじめる。手のひらで包み込み、泡を広げるようにしてから、先端がいじめられた。

「うっ、……あぁっ！」

「マーシャの身体は素直で可愛いな」

ギディオンの声にマーシャは弱かった。

低く穏やかなのに名前を呼ぶ雰囲気がとても甘くてゾクゾクしてしまう。それだけで肌が火照り、腰のあたりがとろけた。

「……胸、……声も。弱くて……そこばかり……あぁっ」

弱点だからやめてほしいのに、口にするのは逆効果だった。こういうときのギディオンはだめだと言ったことばかりする。

硬くなってしまった胸の頂が摘まれ、押しつぶされた。

少し乱暴な手つきでも泡のおかげで痛みはなく、身体の奥にジンと心地よさだけが溜まっていく。

胸への愛撫だけでぐったりとなったマーシャは、ギディオンに深く身を預ける。

すると彼の下腹部に昂っているなにかが存在しているのがわかった。

「ん……っ！」

たやすく興奮してしまうのは、マーシャだけではなかったとわかると、ほんの少し安心する。

マーシャは無理な体勢で手を伸ばし、ギディオンのいきり立つ竿に触れた。

二人きりだと意地悪になる彼への嫌がらせのつもりだった。

するとギディオンがより強くマーシャを抱きしめ、片手をそっと花園に滑り込ませた。

「あぁ……こんなに蜜を滴らせて……」

泡とはあきらかに異なる感触のせいで、まだ触れられていないその場所が彼を求めているのだと教えてしまう。

クチュ、クチュ、と狭い入り口の浅い部分が指で押し広げられていく。

「はぁっ、……ふぅ、ん……あぁ！」

しばらく慣らされたあと、ギディオンの太い指が予告なく奥まで入り込んだ。内壁にはいくつも弱い場所があって、彼はそれらを本人よりもよく知っている。

そこを集中して狙われると、マーシャは嬌声《きょうせい》をあげることしかできなくなる。

ギディオンの昂りに触れて、彼を翻弄してやろうなどと考えた自分がどれだけ愚かなのか思い知らされるだけだった。

指が二本、熱くとろけた蜜壺に突き立てられ激しくかき混ぜられていく。彼の動きに合わせてマーシャの中で生まれた蜜がそこから漏れ出ているのがわかった。

「もう繋がってしまおうか？　それとももっと指でされたい？　……マーシャはどうしたい」

「あぁっ、そんなこと……わからない……やっ、あぁ……」

また意地悪な質問だった。

早くギディオンの昂りを受け入れたいだなんて、口にするのははばかられる。けれど彼の指で一人果ててしまうのにも抵抗がある。

こんな場所での交わりは嫌だというのが理性的なマーシャの本音だが、ほんの少しの愛撫で感じて、内股までぐっしょりと蜜にまみれている状況では白々しい。

「マーシャ、もうほしい？」

理性では違うと訴えていて、けれど身体はギディオンを受け入れたくて仕方がなくなっている。だからマーシャは「ギディオン様が求めているから」と自分の中で何度も言い訳をしてから、小さく頷いた。

「……ギディオン様と一緒に、もう……一緒がいいの……」

積極的に彼を求めてしまうことに、本来あったはずの慎ましい性格のマーシャが反発している。けれどギディオンに触れられるだけで言葉は欲望に忠実になっていく。

するとギディオンがマーシャを抱えたまま身を起こし、彼女を壁際に立たせた。

「君はそこに手をついていて」

おずおずと従うと、ギディオンがマーシャの腰を掴んで自分のほうへ引き寄せた。

マーシャはタイルに爪を立てて必死にしがみつく。

「や……嫌……。こんな格好……」

これから繋がろうとしている場所を彼に見せつける姿勢が恥ずかしい。

きっとマーシャの秘部は濡れているはずだ。散々触れているのだからそんなことは彼も承知だろうが、積極的に見てほしいわけではない。

けれどギディオンが強い力でマーシャを押さえているからどうにもならなかった。

「そのままでいるんだ。……大丈夫、マーシャはどこもかしこも綺麗なんだから……」

やがて花園に硬いものが押し当てられた。大量の蜜のおかげで大した抵抗もなく、マーシャはギディオンの男根を呑み込んでいく。ズン、と奥を穿たれると、たった一突きで目の前がチカチカとしてわけがわからなくなった。

「あぁあっ！　奥、……だめ……すぐに……っ！」

「知っている。気持ちがいいんだろう？」

声だけでギディオンが嬉しそうにしているのがわかる。案の定彼は、マーシャがだめだと言った奥に触れてくる。

「息……苦しい、のに……気持ちいい……あ、あ……」

「すごいな……こんなにドロドロで……、そのくせ……きつく締めつけて……」

ズン、と突かれるたびに脚が震えた。立っているのがつらく、ずるずると姿勢が下がっても、ギディオンが細い腰をがっしり掴んでいて倒れることすら許されない。

涙目になって瞼を閉じると、自分がどこにいるのかさえも認識できなくなりそうだった。

「あっ、……はぁ、はっ、……あぁ」

一突きごとに高みに昇り詰めるのを、マーシャははっきりと感じていた。

あとほんの少しの刺激で達してしまう。けれどわずかな理性がその場に踏みとどまろうと足掻いている。

ギディオンの姿が見えないから、彼がどれくらい溺れているかわからない。まだ平静さを保っているのなら余計に、一人で快楽を得ることに抵抗があったのだ。

「……ここ？」

ギディオンが後方から手を伸ばし、マーシャの最も敏感な花芽に触れた。

「あぁぁあっ！　だ、……だめぇっ。——ん、んんっ！」

抽送と一緒に数回その部分をこすられただけで、マーシャは快楽の淵《ふち》へ堕とされた。もがいても抗えないなにかが迫り上がり、衝撃を伴って全身を貫いた。

「ここが弱いな……？　私のマーシャ。……本当に愛おしい」

熱っぽい声を聞きながら、マーシャは全身を痙攣させた。ビクン、と震えるたびに受け入れているものをきつく締め上げ、吐精を促す。

けれどまだ余裕のありそうなギディオンは、マーシャの肌を撫でながら愛をささやくだけで同じ場所まで堕ちてくれなかった。

「ギディオン……様も……もっと……っ！」

「可愛いことを言ってくれる」

一度達したせいで、マーシャの身体はどこまでも敏感になっていた。ギディオンは手加減してくれているのに、息も絶え絶えだった。

苦しくて意識が朦朧《もうろう》としているのに快楽を拾うことだけはうまい。本当に淫らな身体になってしまった。

一突きごとに快感が押し寄せる。心地よいのに、多幸感が足りない。マーシャは、自分がただ欲望だけを求める獣に成り果てたようで不安になった。

もしそうなるのなら、ギディオンも同じでなければならない。

「こっち向き……嫌……、なの。ギディオン様が見えない……っ、あぁ」

交わっているとマーシャは本来の性格を見失いそうになってしまい恐ろしかった。

だからせめてギディオンの顔を見て、彼が今のマーシャを否定せずにいてくれることを確認したくなる。

「わかった」

マーシャの中を埋め尽くしていたものがずるりと引き抜かれる。肩が掴まれて、正面を向かされた。

浴室の壁に背中を預ける。ひんやりとしたのは一瞬で、すぐにマーシャ自身の体温でタイル

のほうが温められた。

片脚が大きく持ち上げられて、姿勢が不安定になる。

「肩に掴まっていろ」

ギディオンはそれだけ言ってから再び押し入ってくる。身長差があるから、正面で繋がろうとすると自然と身体が浮き上がり、ほとんど彼に支えられている状態になってしまうのだ。

「……あっ、ああ」

すると本当に、マーシャには抱きついていること以外、もうなにもできなくなってしまう。

壁に押しつけられるような体勢は苦しかった。けれどギディオンがマーシャへの気遣いを完全に忘れてしまうのがなぜだか嬉しい。

この余裕のない彼の姿を、マーシャは愛しているのだ。

「あぁ……すごくいい……」

「私も、ギディオン様……っ、はぁっ、はぁ」

自然と唇同士が触れ合って、繋がりが深くなる。荒い呼吸で時々キスが終わってしまっても、すぐにもう一度舌を絡めて、互いの存在をどこまでも貪欲に味わっていく。

「ん……、んんっ！」

ギュッと腕に力を込めて、マーシャは本当の限界が近づいていることをギディオンに知らせた。すると律動が速まって無茶苦茶な突き上げが始まった。

「——っ、あああぁぁっ！」

あっという間に昇り詰めて、マーシャは過ぎた刺激に身を震わせた。

ギディオンはそれでも止まってくれず、容赦なく腰を動かしてくる。頭が真っ白になって腕に込めていたはずの力が抜けてしまう。しなだれ、倒れそうになるとギディオンが抱きしめて支えてくれた。

「もう少し……、だから……！」

「あぁ、……あぁ、あ……」

彼に求められるのは嫌ではないのに、あまりに激しい交わりのせいで涙がドッと溢れてくる。奥を突かれるたびに達しているようで、もう戻ってこられなかった。

「……あぁ、締めつけて……。私も限界だ……」

ギディオンが突然腰の動きをやめたのと同時に、再び唇を重ねてきた。マーシャは熱い飛沫《しぶき》を感じながら甘ったるいキスを受け入れていく。

もうすべてがどうでもよく、ただギディオンとこうしていられたらと願ってしまう。

やがて男根が引き抜かれるとマーシャはずるずると壁伝いに座り込んだ。肩で息をしながらはっきりしない視界でギディオンを見つめていた。

「大丈夫か……？」

「はい」

大丈夫とは言えない気がしたが、マーシャは反射的にそう答えていた。ギディオンはすぐにマーシャを抱え、もう一度膝の上に座らせた。

それから浴槽の湯で身体を清めていく。

「……やぁっ、そこ……」

「流さないといけないな」

どちらのものかわからない体液で太ももや秘部がぬるついていた。

ギディオンはそれを丁寧に清めていくのだが、どこまでも敏感になっていたマーシャの肌は少しの刺激でも過剰に反応してしまう。

達してしまうほどのなにかをされているわけではなかったが、ふわふわした感覚が止まらないままだった。

「冷えるといけないから湯に浸《つ》かろうか？」

そんな提案をして浴槽の湯で身体を温めているあいだも、ギディオンはマーシャに触れるのをやめてくれない。

お湯はすでにぬるくなっているはずだったが、マーシャの身体は火照っていて長く浸かっていたらのぼせてしまいそうだった。

「ゃっ、……もう……」

不埒な手が二つの膨らみに触れた。

そこはとにかく敏感で、丁寧に揉みしだかれると抵抗できなくなってしまう。不意打ちでキュッ、と摘まれると身が震えて大げさに反応した。

「熱い？」

コクンと小さく頷いた。熱いのは湯ではなくてマーシャの身体の奥だった。

けれど残酷なギディオンは中途半端に弄んでから、なにごともなかったかのように湯から上がってしまう。

長い髪や身体の水分を丁寧に拭き取る作業も、バスローブを着せるのも、すべてギディオンがしてくれる。

そんな優しい彼の態度がマーシャには不満だった。身体にこもった熱が冷めないせいだ。

彼に手を引かれて、マーシャはベッドにたどり着く。

横になれと促されたがマーシャは素直に従わなかった。ギディオンに抱きついて、どこにもいかないでほしい、絶対に離れないと態度で示した。

「……どうした？」

「意地悪しないで……。ギディオン様がさわるから……私っ」

また昂ってしまったのは、彼のいたずらのせいだった。だったら最後まで責任を取ってほしいとマーシャは思う。

「そう……。人のせいにしていないでもっと可愛くおねだりしてみたらどうだ？」

冷静な口調が悲しく憎たらしい。

ギディオンが望む可愛いおねだりとは、どんなものだろうか。

見当もつかないマーシャは彼に抱きついたままベッドに押し倒し、覆い被さってキスをした。

「……んん、……ふっ。……ギディオン様……もっと……ほしいの」

「君は本当に勤勉だ……。賢いのに随分と淫らになって……どこもかしこも私の理想だ」

急に体勢が入れ替わる。ギディオンはマーシャを組み敷いて、着せたばかりのローブを乱した。先ほど中途半端に触れられて欲求不満の原因となっていた胸がパクリと食べられた。

「あ、あぁ……あっ！」

ほしかった感覚を得られて、マーシャは歓喜した。

ギディオンの髪に触れ、かき乱しながらより強い刺激がほしいと懇願する。彼も本当は一度の交わりでは満足などしていないのだ。

胸への愛撫と同時に、秘部に硬いものが押し当てられた。

先ほどまで彼の剛直を受け入れていたその入り口はまだ柔らかく、わずかに慣らされただけで蜜を滴らせた。それを確認したら、すぐにギディオンが腰を進めてくる。すると繋がった場所から熱い体液が押し出された。

「こぼしてはだめだろう？」

内股を伝ってシーツを汚したのはきっとギディオンが放った精だ。

軽い抽送を繰り返すだけであとからあとから溢れてくる。

マーシャのせいではなくて、すべて彼のせいだというのに理不尽だった。

「あ……っ、ん、ん……そんな……」

「もう一度？」

「ふぁ……、あぁん。……ほしい、の……。ギディオンさまの……もう一度」

彼が望んでいるはずの言葉をマーシャはためらわずに口にした。

すると剛直が奥を突くように深くまで容赦なく進んできた。

あまりの衝撃に思わず背中が仰け反り、マーシャが苦悶《くもん》の表情を浮かべても、もうギディオンが止まってくれることはなかった。

二度目の交わりはあまりに激しすぎて、マーシャは何度も意識を失いかけた。

「ギディオン様……好き、好き……っ、あぁぁぁっ」

もういつ達しているのかすら把握できなくなるほど、すべてが心地よい。うわごとのように愛の言葉をつぶやきながらマーシャはされるがままになってしまった。

ギディオンはそんなマーシャに優しくほほえんでくれた。

けれど中を穿つ動きは激しい。

「もっと……、私を楽しませてくれ……。ほら、何度でも気持ちよくしてやろう」

「あ、あ……」

長い時間をかけてギディオンがようやく吐精した頃にはマーシャの声は嗄れ果てて、もう指先すら動かせないほどに疲れていた。

ギディオンは交わりのあと、こぼれた体液を拭ったり、マーシャに寝間着を着せたりとまた世話を始める。

ベッドの端に腰を下ろして、髪を撫でながら眠るまで見守ってくれるつもりなのだろう。

「不満です……」

「いったいなにが?」

「私、愛する人と一緒に朝を迎えるというお話を読んで、憧れていたんです。それなのにギディオン様はいつも……」

初めて交わったのは、彼の正体を知った日で昼間だった。疲れて眠ったあと、彼は執務に戻っていた。

二度目はベッドですらなくサロンのソファで求められ、つい応じてしまった。

時々マーシャの寝室を訪ねてくることがあったが、一緒に眠ったはずでも朝になればいなくなっている。

彼に求められた日、マーシャは決まって寝坊をしてしまう。皇妃候補になぜか甘い女官たちは重要な用件がなければ起こしてくれないのだ。

そのせいでマーシャはこれまで一度もギディオンの寝顔を見たことがない。

「そうだったか？　君は朝が弱いみたいだからな。だったら今日は朝まで一緒に過ごそうか？」

「ですが、お忙しいのに……」

自分からわがままを言ったのに、彼が応えようとすると急に恐ろしくなる。マーシャはできることなら理想的な皇妃になりたいのだ。皇帝の邪魔をするなどもってのほかだった。

「大切な婚約者が誘拐されたというのにすぐに執務をする気にはなれない。……事件の件は文官やヒュームが処理してくれるし、私の補佐をする者は優秀だから問題はないよ」

そう言って、マーシャの隣に横たわり抱きしめてくれた。

優しいだけのキスが始まると、マーシャの心は満たされて、じんわりと涙が浮かぶ。

「たったこれだけのことが、なににも勝る幸せなのだから……不思議だな」

「嬉しい。……私も同じです……」

愛する人がそばにいてくれるだけでマーシャの心は多幸感でいっぱいになる。その気持ちが独りよがりなものではなく、相手も同じであるのならこれ以上なにもいらなかった。

「朝までこうしていてください。離さないで……」

「あぁ」

目を閉じても、夢の中でさえも満ち足りた気持ちが約束されている。

けれど翌朝、マーシャがギディオンの寝顔を見ることはできなかった。彼のほうが先に目覚め、マーシャの髪を弄びながら頬や額にキスをして、そのこそばゆさで目が覚めたからだ。

その日、朝一番に見たものが愛する人の柔らかい笑顔というのも悪くはなかった。

◇ ◇ ◇

朝ののんびりとした雰囲気は長く続かず、その日は慌ただしい一日となった。

皇帝の執務室に呼び出されたマーシャは、ウォルトと一緒に事件の経過についてギディオンから教えてもらった。

捕らえられたジェナとサンドラは、マーシャに対する監禁容疑だけではなく、先代伯爵との再婚の件でも捜査が進んでいると知ると、観念してすべてを語った。

ジェナは先代伯爵が強い薬の副作用で正常な判断ができない状態だと知りながら婚姻の手続きを進めた。

後見人や財産分与を定めた遺言書については、そもそも先代伯爵は書いてすらいない。

これにより、ジェナの婚姻とサンドラの養子縁組は無効になる見込みだった。

ギディオンが以前からこの件で動いていてくれていた事実を、マーシャはこの日初めて知った。

「私があの方たちの悪事を見抜けなかったせいで、ギディオン様を煩わせてしまいました。申し訳ありませんでした」

マーシャも、どうして父が浪費家のジェナを再婚相手に選んだのか、何度か疑問に思っていた。けれど、父のひととなりを否定したくなかったマーシャは、献身的に介護をしてくれた人の今後の生活を慮《おもんぱか》ったのだろうと結論づけて、深く追及しなかった。

ギディオンがいなければ、この先サフィーク伯爵家はボロボロになっていたかもしれない。弟が成人するまで支えることを己に課していたマーシャは、自分の至らなさを悔いた。

「君がどれだけ必死に伯爵家を守ろうとしていたか、少しは知っているつもりだ。私こそ、昨日の事件では城勤めの者から裏切り者を出して君を危険に晒してしまった。不甲斐《ふがい》ない……」

昨日、マーシャの護衛を担当していたのはアリングハム侯爵の息がかかった者たちだった。急遽皇帝になってからまだ日が浅く、ギディオンが城勤めの者すべてを掌握していないのは当然だ。

ギディオンが即位する以前、皇帝は貴族の傀儡になりかけていた。大貴族に従っていれば自分の身は安泰だと考える者は多い。

この事態は仕方がなかったと言っても、きっとギディオンにとってのなぐさめにはならない。だからマーシャはなにも言えずにいた。

「皇帝陛下。アリングハム侯爵はどうなるのでしょうか？」

ウォルトがたずねた。

「侯爵はすでに捕らえている。関わった者たちもすべてだ……。今後裁判が開かれるが、禁固刑と家の取り潰しは避けられないだろう」

「それではサフィーク伯爵家はどうなりますか？　伯爵家も義母が罪を犯してしまいました」

貴族が罪を犯せば、最悪爵位を奪われる可能性がある。未来の皇妃を監禁し、その資格を奪おうとしたのだ。これは皇帝の意に背いた立派な謀反だった。

侯爵家が取り潰しになるのは理解できるが、それならば義母と義姉が事件に深く関わったサフィーク伯爵家も同じかもしれないとウォルトは不安になったのだろう。

けれどギディオンは小さく笑って首を横に振る。

「君の父君の再婚そのものが無効なのだから、伯爵家は関係ない。君とマーシャはただの被害者だ」

「そうなんですか……よかった！」

張り詰めていた表情が一点、パッと明るくなる。立派な伯爵として振る舞おうとするウォルトは頼もしいが、油断して急に子供っぽくなる部分を目にするとマーシャはなんだか安心する。

ギディオンはウォルトに近づいて彼の頭にポンと手を乗せた。

「ウォルト殿は勇敢だった。君にとって姉君のために動くことは当然なのかもしれないが、それでも言わせてくれ。……ありがとう」

「は、はいっ！」

「新しい後見人を誰にするかはこれから一緒に考えよう。教師もつけたほうがいいな……それから、今後はもっとこちらに顔を見せに来てほしい」

ギディオンは、マーシャやウォルトの心に寄り添ってくれる人だった。

後見人を皇帝である彼が定めるのではなく、一緒に考えようと言ってくれるところがきっとギディオンの強さであり優しさだ。一方的な押しつけをせず、考えることを放棄するなと諭しているのだ。

「はい、皇帝陛下のお心遣いに感謝いたします。僕、立派な伯爵になれるように頑張ります」

ウォルトは察しのいい少年だから、そのあたりをよく理解して返事をしていた。

「本当に君たち姉弟《きょうだい》はよく似ているな。……姉君に会いに来たときには時々私も同席していいだろうか？」

「もちろんです、陛下」

最後にそんな約束をして、ウォルトは伯爵邸に帰っていった。

マーシャとしては弟一人では心配だから、もう少し城に滞在したらどうかと提案したのだが、ウォルトは応じなかった。

家が荒れてしまったこの状態を放置するのは、伯爵としてありえないというのだ。

そして皇帝の誕生日当日。マーシャはギディオンへのプレゼントとして刺繍《ししゅう》入りのハンカチを送った。プレゼントとしてはありきたりだが、彼になにかを贈るのは初めてだから定番の品物でいいと思ったのだ。

せっかくの誕生日だけれども、二人きりで甘い時間を過ごすことは叶わない。今日は多くの貴族が挨拶に訪れるし、舞踏会も予定されている。

マーシャはこの日、淡い水色のドレスを身にまとった。夜の正装だからデコルテは大胆に露出している。

けれど色気と無縁なのはマーシャの体型が細身で、胸が自己主張をしてくれないからだ。女官たちは皇帝の婚約者は色気よりも知性だと言って励ましてくれた。

髪を結い上げて、化粧も施す。今夜はいつもより大人びた雰囲気に仕上がっているはずだった。

はずだった――というのは自分ではよく見えないからだ。

「メガネが……私の大切なメガネがありません……！」

マーシャのメガネは、無理矢理テンプルを引っ張ったせいで本体のフレームまで歪んでしまった。

手先の器用な女官が針金と工具を使って失ったテンプルを付け足して、とりあえず耳にかけられるかたちに修復してくれたのだが、新しいメガネの用意は間に合わなかった。

公式行事だから、不格好な壊れかけのメガネをつけて参加するわけにはいかない。

「もうあきらめろ。それにしても……ウォルト殿は縄抜け、君は針金での解錠か。二人の知識がなければ今こうして笑っていられなかっただろうから無駄だと一蹴できないが、本当に君たちは……」

ギディオンは楽しそうだった。普通の令嬢ならば窮地に陥ったときに探偵の真似事《まねごと》をして脱出しようなどとは考えないだろうから、あきれているのかもしれない。

「もうっ！　口の端がヒクヒクしていますよ」

メガネの破損はマーシャにとっては深刻な問題だから腹立たしい。

「すまない……。本当に君のそういうところが可愛らしくて好きなんだ。同時に、解錠する君の姿を想像すると……どうしても……」

ギディオンはメガネを失ったマーシャをしばらくじっと見つめて、耐えきれずに笑いだす。

馬鹿にする意図はないとわかるから、マーシャはそれ以上怒れなかった。

「ですが、どうしましょう？　メガネがなければうまく踊れません」

今日はマーシャの正式なお披露目の日だ。未来の皇妃が無様なダンスを披露しては、本人だけではなく皇帝の評判にまで傷がつく。そうだというのに、このままでは三ヶ月努力を重ねてきた成果を発揮できない。

「大丈夫だ。あれだけ毎日特訓をしてきたんだから、もう身体が覚えているはずだ」

いつもは慎重な彼が随分と楽天的な考えを口にした。

「ギディオン様は私の運動音痴を侮《あなど》っておいでです！」

万全の態勢で挑んだとしても、この帝国内で一番の貴婦人としてふさわしいダンスとまではいかないのだ。頼りにしていたメガネを失ったマーシャは不安を拭えなかった。

「周囲の視線など気にせずに私だけを見ていてくれればいいのだから」

「ギディオン様だけ？」

「そうだ。……私を信じて、君は君の思うままに……。それだけできっとうまく踊れる」

まもなく舞踏会が始まる時間だ。

マーシャはギディオンにエスコートされて会場へと足を踏み入れた。正面の扉が開け放たれた先にまず飛び込んできたのは、たくさんの光の粒だった。

皇帝の到着に一瞬だけどよめきが起こり、すぐに静かになった。二人はそのまま会場の奥まで進み、集まった者たちの方向へ向き直る。

ギディオンは、この場にいる貴族たちへの感謝を伝えてからマーシャを紹介した。

「すでに知っている者も多いはずだが、改めて紹介しよう。私の婚約者、サフィーク伯爵家のマーシャ嬢だ」

マーシャはギディオンに促され、一歩前へ歩み出る。

ギディオン以外の人の表情がまったく見えない状況でも、ここに集まる者すべてが純粋に皇帝の誕生日を祝っているわけではないと伝わってくる。

すでにアリングハム侯爵やマーシャの義理の家族が捕縛された件は貴族たちに知れ渡ってい

る。

マーシャに同情する者、悪人に付け入る隙を与えてしまった弱さを不安視する者、大貴族が捕らえられたという事実に驚いた者もいるだろう。

様々な思いが混ざり合うとつかみどころがなく。ドロドロとした恐ろしいものになる。

それでもマーシャは臆することなく堂々と笑っていなければならない。

「マーシャ・サフィークでございます。皆様、どうぞよろしくお願いいたします」

厳しい教師に叩き込まれた完璧な淑女の礼をした。

「彼女が婚約者となってくれたことが私にとってなによりの幸福だ。……堅実な妃となって、私とともにこのヴァンスレット帝国に繁栄をもたらすだろう」

ギディオンが自信に満ちあふれた宣言をした。

集まった貴族たちが一斉に拍手を送り、未来の皇妃を祝福する。

まだ拍手が鳴《な》り止《や》まないうちに、ギディオンが身体の向きを変え、マーシャの正面に立った。

「私の名はジョーセフ・ギディオン・ヴァンスレット。どうかあなたの名前をお教えいただけませんか？　……図書館の君」

知っている名をあえて問うのはなぜか。ぼんやりとした視界でも、ギディオンがいたずらを思いついた少年のような笑みを浮かべていることが簡単に想像できた。

これはきっと、二年前に思うようにできなかった出会いのやり直しに違いない。

もし彼がなににも縛られない立場だったら、あの東屋でこんなふうに名乗ってくれたのだろう。

「マーシャ・サフィークと申します、ギディオン様」

「ではマーシャ殿。……今宵《こよい》、あなたと踊る栄誉を私にお与えくださいますか？」

舞踏会で男性が気になる女性にダンスを申し込むときのマナーにのっとり、ギディオンが足を揃えてからお辞儀をした。

「喜んで、お受けいたします」

マーシャは彼の前にそっと手を差し出す。

ギディオンはマーシャの手を取り、手袋の上に軽くキスをした。

そのまま二人で会場の中央まで進む。

ギディオンの言うとおり、メガネがなくて正解だったのかもしれない。今のマーシャの瞳にはすぐそばでほほえむギディオンだけが映っている。

きっとこの場にはマーシャに対し好意的でない者も多くいる。だが見えていないものは存在しないのと一緒だ。

この場に二人きりだと思えるのならば、マーシャはなにも恐れずに笑っていられる。

楽団による演奏が始まると、マーシャはそれに合わせて最初のステップを刻む。

もうメガネがないことへの不安は消え、ただギディオンとこのひとときを楽しむことにした。

彼のリードは相変わらず完璧で、会場に入るまであんなに不安だったのが馬鹿らしくなるほど足取りが軽かった。

いつのまにか、恋人同士の特別な距離でおしゃべりを楽しむ余裕まで生まれた。

「ギディオン様。本当は私、ずっとあなたのことをもっと知りたいと思っていました」

好きなものについてなんでも知りたがるマーシャだから、好きな人のこともどこまでも知り尽くしたい。

二年前、それをしなかったのはただ彼を困らせるだけだとわかっていたからだ。

「願いは叶ったな」

「いいえ、まだ足りません。私はまだ、あなたの趣味も、好きな花も、昔話も……なにも知らないんです」

ギディオンはマーシャについてなんでも知っている気がするのに、マーシャだけが彼のすべてを理解できていない。

本来は好奇心旺盛で、興味のあることはなんでも知りたい性格だからもどかしかった。

「私の愛しい人は随分と欲張りだ。……さて、なにから話せばいいだろうか？」

昔とは違い、今の彼はマーシャが望めばなんでも教えてくれる。

「……では、ご趣味はなんですか？　時間があったらなにをして過ごしますか？」

ギディオンはしばらく真面目に考え込んだ。

ターンのタイミングで二人の距離が一歩ぶん離れる。再び近づいてから、彼はマーシャの耳元に唇を寄せた。

「チェス、乗馬……いろいろとあるが、最近のお気に入りは恋人を愛でることだな。これから先も永遠に」

予想外の不意打ちに耐えきれず、マーシャの頬は真っ赤になった。

ギディオンはこれから何度甘い言葉でマーシャを翻弄するのだろうか。きっとどれだけ時間をかけても彼のすべてを知ることはできない。

だからこそこの人が愛おしいのだとマーシャは十分すぎるほど自覚させられた。

あとがき

蜜猫文庫様でははじめましての日車メレです。本作をお読みくださり、ありがとうございました。

今回は、頑張る令嬢&シンデレラストーリー&初恋と再会からの溺愛、という好きなテーマをこれでもかと詰め込んでみました。

主役二人がわりと素直で一途なので、かなり甘い雰囲気のお話になったのではないかな、と思います。

さて、本作のヒロインには、本の読みすぎで視力が悪くなってしまったという設定がありますす。じつは私も、中学から高校にかけて急激に視力が落ちてしまい、学生時代はメガネをかけておりました。

理由はおそらく、漫画とライトノベルの読みすぎとゲームのやりすぎです。

勉強ばかりしていたから……と言えない部分が悲しいです。

社会人になってから視力回復手術をしたので、今は裸眼で運転免許の更新ができるくらいの視力になっておりますが、麺類を食べるときにメガネが曇ったあの頃が懐かしいです。

そんな共通点がありまして、本作ではメガネヒロインを書くにあたり、十代の頃を思い出して、あーだったかな？　こうだったかな？　……と視力の部分については、少しだけ実体験をもとにしています。

作中にある「近くはそれなりに見えるはずなのに、裸眼では本が読みづらい」というのは高校生のときの体験談です。

私はいつもファンタジーな作品を中心に執筆しているのですが、それゆえに自分の体験や過去の職歴などが創作のネタになることがほとんどありませんでした。

今回初めて読書とオタク活動以外の人生経験が作品の役に立ち、なんだか新鮮な気持ちです。

また、本作を書いていて大変だったのが、冒頭でメガネを捨てられてしまい景色が見えないままストーリーが進行する部分でした。

基本的にヒロインのマーシャ視点でストーリーが進みますが、周囲の状況や景色、ヒーローであるギディオンやそのほかの登場人物の顔がわからないときがあり、表現方法がかなり制約されました。

プロット制作時にはそこまで深く考えていなかったのですが、書き始めてすぐに「この庭園、どんな花が咲いているのか書いてはいけないのか」、「初登場なのに、マーシャはギディオンの姿に胸キュンできないのか……」、「ヒーローがどんな表情をしているかわからないのが地味につらいなぁ……」と心の中でつぶやいて、何度かため息をつきました。

でも制約の中で書くのは、難しいですが楽しくてやりがいのある作業でもあります。

情景が浮かばなかったり表現がわからなくなったときは、使い古しのクリアファイルで目の付近を覆って、自宅の庭を眺めてぼんやりしながら、ヒロイン目線とはどんなものだろうかと一生懸命考えました。

普段より苦労が多かった気がするので、ラストまで書けたときの達成感はひとしおです。

やはり王道シンデレラストーリーは読んでも書いても楽しいですね！

溺愛でわりと最初のほうから相思相愛な本作ですが、ヒロインもヒーローもほんの少しだけ残念な部分があり、そのあたりを読者様に楽しんでいただけたらいいなと願っております。

どこが残念かは本編を読んで探していただければ幸いです。

また、私は普段から主役二人と同じかそれ以上の熱量でサブキャラを好きになってしまう「サブキャラ萌え」を煩っております。

本作のおすすめキャラクターは、主役二人を除くとヒロインの弟です。

作中ではまだ十一歳ですが、機転が利いて家族思いで、好奇心旺盛なので将来有望だと思っています。

十年後にはスパダリになっているはずです。

それから、ヒーローとその甥である元皇太子の関係にもちょっとこだわってみました。

仲のよい者同士がお互いに劣等感とか葛藤みたいなものを抱えている設定が大好きなので、この二人の関係にもそういう要素を盛り込みました。

サブキャラにも注目していただけたら嬉しいです。

本作のイラストは八美☆わん先生にご担当いただきました。

八美☆わん先生のイラストが以前からとても好きで、ティーンズラブ作品もライトノベル作品もいつも表紙買いしております。

今回ご担当いただけると聞いてとても嬉しかったです！　素敵なイラストで華を添えてくださり、ありがとうございました。


最後になりましたが、編集部の皆様と本書の刊行に携わってくださった皆様、そしていつも応援してくださる読者様に御礼申し上げます。

これからもよろしくお願いいたします！

日車メレ

Mitsuneko Label

蜜猫文庫をお買い上げいただきありがとうございます。
この作品を読んでのご意見・ご感想をお聞かせください。
あて先は下記の通りです。

〒102-0075 東京都千代田区三番町8番地1 三番町東急ビル 6F
(株)竹書房　蜜猫文庫編集部
日車メレ先生 / 八美☆わん先生

メガネ令嬢は皇帝陛下の愛され花嫁
溺愛シンデレラのススメ♡

2022年 4月29日　初版第1刷発行
2022年 12月25日　初版第2刷発行

著　者　日車メレ　

発行者　後藤明信

発行所　株式会社竹書房
〒102-0075 東京都千代田区三番町8番地1 三番町東急ビル 6F
email : info@takeshobo.co.jp

デザイン　antenna

印刷所　中央精版印刷株式会社

初夜の翌日に離婚した
没落令嬢ですが、
何故か元夫につきまとわれています
葉月エリカ
Illustration ことね壱花
君のことを大事にしたい。
優しくさせてほしいんだよ
美貌の女誑しと名高い侯爵家のフィエルを落ち着かせるため、堅実さを買われて嫁いだイルゼ。「ねえ。俺たちかなり相性いいのかも」式を挙げ優しく抱かれた初夜の翌朝、まさかの実家の破産の報を受けて婚家を出るはめに。だがフィエルはイルゼが家族のため勤め始めた料理屋を探しだし、常連客として通ってくる。愛があっての結婚ではなかったのに何故?元夫の行動にとまどうイルゼだが、ある日母の手術費用が必要になり!?

To My Dear
親愛なるあなたへ
孤独な軍人皇帝は
清らかな花嫁に恋まどう
泉野ジュール
Illustration サマミヤアカザ
逃げないでくれ。
わたしを受け入れて欲しい
デラルトンの若き皇帝、キャメロンに和平の証として輿入れしたジュリエット。正式な王女でありながら正妃である義母からうとまれて不遇な生活を送っていた彼女は、美貌で有能な皇帝に優しく愛され、とまどいつつも溺れていく。「夫として君のそういった部分をじっくりと撫で、触れて称える義務がある」男らしく誠実なキャメロンに心身ともに惹かれるジュリエットだが、ある時を境としてキャメロンが妙に彼女を避け始め—!?

すずね凜
Illustration ウエハラ蜂

離縁された王女はイケメン騎士団長様に溺愛される

――王女殿下、
私と再婚しませんか？

母国への支援と引き換えにマルモンテル王国の王弟に嫁いだフランセット。だが相手の乱暴な扱いに抵抗したため、即日離婚されシュバリエ公爵オベールに下げ渡されてしまう。「なんて色っぽいのだろう、堪らないよ」美しく優しいオベールの妻になれたのは嬉しいが、彼は自分に同情しただけだと思う彼女にオベールは熱を帯びた愛撫で自分の思いを伝える。幸せに浸るフランセットだが宮中の女性達は小国の田舎者と彼女を蔑み!?